UNE SOIRÉE

AU

GYMNASE DRAMATIQUE

RÉFUTATION A M. ALEXANDRE WEILL.

SAINTE-PÉLAGIE

VISITE A M. DE MIRECOURT.

Par Madame Henriette GEOFFROY.

SE VEND CHEZ DENTU, LIBRAIRE,

Galerie d'Orléans (Palais-Royal).

PARIS,

IMPRIMERIE D'ADOLPHE BLONDEAU,

26, RUE DU PETIT-CARREAU, 26

1857

UNE SOIRÉE

AU

GYMNASE DRAMATIQUE

UNE SOIRÉE

AU

GYMNASE DRAMATIQUE

Par Madame Henriette GEOFFROY.

PARIS,

IMPRIMERIE D'ADOLPHE BLONDEAU,

26, RUE DU PETIT-CARREAU, 26

1857

A M. H. DE LOURDOUEIX,

Directeur de la *Gazette de France.*

Monsieur,

En venant vous dédier ce tout petit livre, je ne parlerai ni de votre génie, ni de l'éminente distinction d'éloquence et de langage qui sont les vôtres ; ces qualités sont, de tous, trop généralement connues pour en faire ici l'apologie ; mais j'ai à vous rendre, Monsieur, un hommage bien plus doux et bien plus digne de vous.

Orpheline de père et de mère, j'ai grandi seule, battue de tous les vents d'orages, entourée de toutes les séductions, de tous les dangers qui escortent une jeune femme livrée à elle-même et sans fortune, et si je ne suis pas tombée, Monsieur, dans tous les égarements où tant de pauvres jeunes femmes viennent se briser sans retour, c'est à votre *honorable doctrine* que je le dois. Quand mon courage faiblissait sous la lutte *sans cesse répétée*, je le retrempais à la fermeté de votre parole si éloquente, si persuasive, à ce rayon de vérité que vous faisiez briller dans mon cœur troublé.

Tout imparfaites qu'elles soient, c'est aimer le bien, le juste et le beau, que de vous faire, Monsieur, l'hommage de ces pages, et la reconnaissance m'en faisait aussi un devoir.

Puisse ce faible tribut, d'un cœur respectueux et dévoué, vous être agréable, Monsieur,

Henriette GEOFFROY.

UNE SOIRÉE

AU

GYMNASE DRAMATIQUE.

—————◦—————

Vers le commencement de février 1854, il m'avait été présenté et amené chez moi, par une personne amie, ce qu'on appelle dans le monde un paysan ; mais c'était un paysan presque châtelain. Sa mise était simple ; la coupe de ses habits n'était pas celle d'aujourd'hui, mais le drap en était fin et d'une qualité supérieure ; son linge était d'une belle batiste de toile, et le jabot de ses chemises d'une riche dentelle de point d'Angleterre. Tout cela était porté fort simplement et avec une extrême insouciance. A une instruction assez cultivée, il joignait un grand bon sens, une éducation sérieuse, et par dessus tout cela ayant la passion réelle de l'agriculture. Je sus plus tard qu'étant chez lui, en très jolie blouse de fin lin, il accompagnait journellement ses domestiques au labourage, car rien n'était beau selon lui comme l'étude de la terre ; il ne comprenait pas qu'avec de la fortune on puisse se fatiguer de ses loisirs quand il y avait tant de choses utiles et sérieuses à faire et à apprendre dans l'intérêt de l'humanité. « La nature, disait-il, est un livre profond et sublime; chacune de ses pages retournées apporte avec elle un charme nouveau qui ne fatigue jamais. Partout on y reconnaît la main du grand ouvrier; mille prodiges inconnus renaissent sans cesse d'eux-mêmes; l'œil admire toujours et reste toujours étonné. Pour moi, je ne vois rien de grand, de noble, comme l'agriculture, cette mère féconde qui nourrit des milliers d'hommes. »

Aimant à m'instruire, je l'écoutais avec un véritable plaisir; il avait remarqué l'intérêt que je prenais à l'analyse qu'il nous faisait des productions de la terre, et il s'était par là senti encouragé à me prier de lui donner quelquefois mon bras pour le suivre dans quelques-unes de ses excursions d'horticulture.

La fin de février et le commencement de mars avaient été d'une admirable beauté. La tiédeur de l'air avait fait sortir de chaque arbre une foule de petits boutons gris-blancs, tout veloutés; il perçait des arbustes une foule innombrable de petites pointes d'un vert très tendre qui annonçaient la présence très prochaine des feuilles. Partout il s'exhalait un parfum de printemps qui, en venant rafraîchir les poumons, semblait leur donner une double vie, ce qui faisait dire à M. Léon, ainsi il se nommait : « On se sent vivre deux fois. » Nos promenades étaient partagées entre le Jardin-des-Plantes, le Luxembourg et les Tuileries; il s'arrêtait devant chaque arbre, chaque plante, m'expliquait les soins différents qu'exigeait leur différente nature, me nommait le nom de chaque fleur, m'en faisait connaître l'origine, les propriétés, leur utilité; il n'y avait pas jusqu'au moindre petit brin d'herbe qui ne reçût de lui son tribut d'hommage et d'admiration. Comme je l'écoutais très attentive, il en était charmé, et il me disait avec cette joie naïve d'enfant :

« Comme vous êtes bonne de m'écouter et de ne pas vous
ennuyer, oh ! comme je vous suis reconnaissant !...

Loin de m'ennuyer, j'y trouvais un véritable plaisir ; le
charme de sa conversation instructive et variée me charmait
et m'intéressait à la fois, et d'un autre côté ma santé assez
délicate en ressentait un bien immense en le suivant dans
tous ces secrets merveilleux de la nature, qui, avant lui,
étaient restés devant moi inaperçus. J'avais senti mon cœur
se grandir devant ces trésors sans nombre d'une main puissante et généreuse, et porté vers de bonnes et utiles choses.
Tous les deux ou trois jours, pendant trois semaines à peu
près que l'air resta doux, M. Léon venait me chercher pour
continuer nos promenades scientifiques, et c'était toujours
avec un plaisir vif et senti que nous admirions les progrès
rapides de la nature, cette métamorphose subite d'une nuit
à un jour, qui nous rendait les arbres que nous avions lais-
sés avec quelques petits boutons verts tout couverts de
feuilles ou de fleurs.

Ces promenades, presque continuelles, avaient établi de
lui à moi une douce et très respectueuse intimité ; son cœur
s'était senti porté à la confiance et il avait éprouvé le besoin
de l'épancher vers moi.

— Oh ! comme je suis heureux ! me disait-il ; que n'avez-
vous toujours été là ! vous m'eussiez épargné bien des regrets, des fautes peut-être !... Vous m'écoutez avec indulgence ; vous ne me rebutez pas, vous, et si je vous fais pitié, vous avez la générosité de me le cacher.

— Pitié, mon cher monsieur ! mais vous ne le pensez
pas ; quand c'est moi, au contraire, qui ai tout à gagner. Je
m'instruis près de vous de ces richesses de la nature de moi
ignorées, et c'est un grand bénéfice à mon profit.

— Oh ! je vous aime bien, madame, je vous aime de tout
mon cœur, mais n'interprétez pas mal, je vous prie, ce
mot : je vous aime ! car mon affection pour vous est dé-

1.

pouillée de tout sentiment d'égoïsme, de personnalité, de passion matérielle ; mais je vous aime avec une douce quiétude, de ce sentiment de reconnaissance et de respect, en retour de cette bienveillance si bonne que vous avez à m'écouter ; pour vos doux et affectueux conseils ; et cependant, madame, je dois vous l'avouer, malgré toute la vérité de mon affection qui devrait me laisser libre et aisé, vous m'en imposez tellement, que près de vous je suis gêné.

— Je ne suis pourtant pas terrible, lui disais-je en souriant, pourquoi cette gêne ?

— Non, madame, vous n'êtes pas terrible, si on l'entend dans un sens physique... Tenez, reprit-il, après une pose d'une seconde, il faut que je vous fasse ma confession tout entière, ça me soulagera : Vous êtes, en apparence, rieuse et enjouée, on se prend à rire spontanément de vos réparties si vives souvent ; on croit d'abord qu'elles n'ont aucune portée, et quand on veut y ramener sa pensée, on est tout surpris que ce que l'on avait pris pour un rire futile soit une sérieuse réflexion, un conseil ami qui presque toujours frappe juste. Alors on comprend que, comme un habile médecin trompe par le sucre l'amertume du remède qu'il prescrit à son malade, vous ôtez, vous, madame, à l'aridité d'une morale qui deviendrait ennuyeuse sous le prestige d'une gaîté douce et aimable, mais on n'en sent pas moins son moral malade.

— Vous aurais-je fâché, monsieur, et sans le vouloir aurais-je été indiscrète ?

— Oh ! ne le pensez pas, madame, vous n'avez jamais été indiscrète, car jamais vous n'avez touché directement ni indirectement à ce qui m'était personnel ; vous avez reçu mes confidences, vous avez senti, vous, où était le devoir, et pour me le faire aimer et mieux comprendre, vous m'avez dit simplement, avec cette touchante expression du cœur :

« Vous ne pouvez rester loin de votre fille, qui la dé-
» fendra des dangers qui entoureront sa eunesse, si ce
» n'est son père. »

Oh ! madame, bien chère madame, vous avez touché là
une corde bien sensible et qui vibre toujours : le cœur d'un
père. Oh ! si ma pauvre petite fille vous entendait, comme
elle vous aimerait ! — Cela disant, les larmes lui étaient
montées aux yeux.

— Vous retournerez près d'elle, n'est-ce pas ?

— Jamais, madame.

— Pourquoi ?

— Parce que je ne m'accorderai jamais avec sa mère ; je
pleure ma fille amèrement, mais je ne retournerai jamais
auprès de ma femme !

— Elle a donc de bien grands torts ?

— Oh ! un caractère...

— N'avez-vous que des défauts de caractère à lui reprocher ; elle n'a pas eu de torts essentiels ?

— Oh ! non, dit-il spontanément.

— L'aimez-vous encore ?

— Oui, je l'aime toujours, et c'est bien malgré moi, je
vous assure, mais des mauvais conseils donnés de part et
d'autre nous ont désunis. — Il y avait dans l'inflexion
brisée de sa voix toute une révélation d'amers regrets.

— Vous avez eu le tort très-grave de quitter et votre
femme et votre fille.

— Mon amour-propre d'homme était compromis, je
ne voulais pas être la risée de mes amis.

— Vous vous êtes trompé, cher monsieur, vous avez
pris pour de l'amour-propre ce qui n'était qu'une vanité de
circonstance ; vous avez eu peur d'être la risée de vos

amis, ou que vous nommez ainsi, et vous êtes devenu leur risée et leur pâture à la fois.

Il devint rouge et pâle en même temps, il se mordit les lèvres au sang.

— Vous êtes bien sévère et bien amère dans votre franchise, madame, mais vous êtes juste, vous avez enfoncé l'épine bien profond ; je vous avoue que vous m'avez fait mal. J'userai donc de même franchise que vous, et je penserai tout haut avec vous. — Le langage de mes amis... ou que je nomme ainsi, est tout différent du vôtre, et leur manière d'être aussi. En approuvant mes goûts, en les excitant même plus que vous, madame, ils me plaisent, ils me montrent ma femme comme un embarras superflu, comme une entrave à ma liberté, et, selon eux, briser cette entrave est sagesse et le fait d'un homme de caractère. Ma fille, me disent-ils, ne peut être pour moi qu'un fardeau de plus ; elle est bien avec sa mère, rien ne m'empêche de l'aimer sans avoir à m'en casser la tête en la prenant avec moi. Alors ils viennent me chercher, moitié de force, moitié de bonne volonté, ils m'entraînent, joint à cela, que je veux me soustraire à l'influence que, sans le vouloir, vous exercez sur moi. Je m'étourdis dans l'orgie ; l'absinthe et le rhum me sont contraires ; chez moi, je n'en prenais jamais ; ici, j'en bois avec une sorte de désespoir frénétique. Je m'étourdis ainsi, je ruine ma santé, et mes amis ruinent ma bourse ; je rentre tard ou plutôt matin ; je suis mécontent de moi-même, mécontent des autres, et brusque et injuste envers mes hôtes ; je me couche de mauvaise humeur, le silence de la nuit porte à la réflexion, je me rappelle vos conseils si opposés à ceux qui m'ont été donnés dans la journée. J'ai été plusieurs jours sans venir vous présenter mes respects ; j'en éprouve des remords, je me trouve ingrat, et je ne recouvre de réconciliation avec moi-même que quand je vous ai revue.

— Je suis heureuse autant que fière de l'estime que vous voulez bien m'accorder, je tâcherai de m'en rendre digne ; c'est pour cela que je vous parlerai avec toute la franchise d'une véritable amie. Vous me dites que ceux qui se disent vos amis vous vantent les charmes d'une liberté sans frein ?

— Oh ! dites-moi, la liberté est-elle dans le bruit, dans des plaisirs abrutissants. N'êtes-vous pas plutôt l'esclave absolu, exclusif de tous ces faux amis ? Oh ! dites, qui peut remplacer les douces joies du foyer domestique ? qui peut rendre, compenser les charmes si vifs et si purs de cette chaste et tendre affection de femme et d'enfant, qui ne vous laisse que paix et bonheur, qui remplit votre cœur d'une ineffable quiétude, n'apportant avec elle ni l'amertume du remords, ni le dégoût inévitable qui le suit. — Oh ! dites encore, ces plaisirs grossiers de vos amis valent-ils une de ces douces et délicieuses heures de famille ?

Il m'écoutait visiblement ému, des larmes brillèrent dans ses yeux, il cherchait en vain à les retenir.

— Oh ! qui donc êtes-vous, madame, vous dont la voix est si persuasive et si douce, vous qui exercez tant d'empire sur moi ?... Oh ! chère, bien chère Henriette, que ne vous ai-je toujours connue !... — Puis il reprit avec cette gravité respectueuse et repentante de s'être laissé aller à ce premier mouvement d'abandon en prononçant simplement mon nom. — Pardonnez, madame, cet oubli involontaire au plus respectueux et au plus dévoué de vos amis, votre nom si familièrement échappé à ce moment d'expansion ; mais, veuillez bien le croire, rien, oh ! non, rien en moi ne m'a rendu indigne de l'intérêt dont vous voulez bien m'honorer, mais votre accent si vrai avait pénétré jusqu'à mon cœur et réveillé tant d'échos que je croyais éteints... Oh ! ma femme !... ma fille !... Oh ! tenez, ce que je souffre est atroce !...

— Eh bien ! je suis pourtant enchantée de votre souffrance, lui dis-je en souriant doucement.

— Ah ! madame, il y a presque de la cruauté de votre
part dans votre joie de ma douleur ; vous ne savez donc pas
ce que c'est que les luttes et les déchirements du cœur ?

— Hélas ! pauvre ami, nul plus que moi ne connaît ces
luttes et ces souffrances d'un cœur vrai, car *peu furent plus
déchirés, plus méconnus que le mien !*... Mais si je vous ai
dit que je me réjouissais de votre souffrance, ce n'est point
ainsi que vous l'avez entendu, mais c'est que, quand la
conscience parle si haut, c'est que l'instinct du bien n'est
pas éteint en nous, et que si un instant vous vous êtes écarté
de votre vrai chemin, vous y reviendrez toujours à un temps
donné.

— Vous croyez ? Eh bien ! ce que vous me dites-là
me fait un bien infini ; j'en suis pour ma première pensée,
vous êtes véritablement bonne, me dit-il, avec une naïveté
d'enfant. Oh ! que ma fille vous aimera quand elle vous
connaîtra !

J'avais fait de ce caractère d'homme une étude aussi profonde qu'il en avait fait une des plantes ; j'avais compris que
tout n'était pas désespéré. Il avait du cœur, de la sensibilité, du bons sens : il y avait donc beaucoup de ressources.
Il s'agissait de savoir le prendre, de piquer son amour-
propre sans le froisser, de ménager ce caractère d'une sus-
ceptibilité peu commune, et de le ramener ainsi dans le
chemin de la vérité, en le rendant à sa famille. Ma position
vis à vis de lui était des plus délicates, et, plus d'une fois,
je fus tentée d'abandonner la partie ; car il coûte beaucoup
plus de peines et de fatigues pour poursuivre le bien que
pour rester indifférent au bien comme au mal. Mais, fort
heureusement, je n'étais pas seule alors pour poursuivre cette
noble tâche ; une autre personne avait sur lui, sinon plus d'in-

fluence, mais au moins autant que j'en avais. Je reçus de
Monsieur Grivet, caissier au ministère de l'intérieur, deux
visites différentes. Or M. Léon s'était trouvé présent à chacune, et il s'était spontanément senti entraîné près de lui et
porté à la confiance; il l'avait prié avec beaucoup d'âme de
lui permettre d'aller quelquefois au ministère lui demander,
avec la sagesse de ses conseils, ses douces consolations, per-
mission qui lui avait été accordée avec la plus charmante
bonté. Il n'avait pas tardé à lui confier toute sa position, se
sentant touché par la douce et mélancolique sérénité des
traits de celui qu'il apprenait à connaître et à estimer
chaque jour davantage; et son caractère, aigri et timoré
par toutes sortes d'ennuis, s'améliorait visiblement de cette
heureuse influence.

J'étais donc incertaine de ce que je devais faire, si je devais poursuivre l'œuvre commencée ou me retirer, et j'avais
déjà parlé de ce dernier parti, quand Monsieur Grivet,
dont la charité est douce et sans éclat, qui a pris la vie au
sérieux avec tous ses devoirs, me donna ce conseil :

« — Nous avons tous ici-bas un rôle à remplir, dont nous
» devons nous acquitter avec conscience; croyez-le, on est
» aussi coupable du bien que l'on ne fait pas et que l'on
» peut faire, que du mal que l'on fait ou que l'on laisse
» faire, pouvant l'empêcher; l'insouciance ne vient que de
» l'égoïsme et de la paresse, et quand, par votre influence
» sur cet homme plus égaré que coupable, vous pouvez
» rendre un époux à l'épouse, un père à l'enfant, pourquoi
» abandonner une tâche aussi noble?

» — C'est juste, monsieur; mais cette tâche n'est pas
» facile. Comment faire?

» — Pourquoi vous effrayer aux premières difficultés
» du chemin; la Providence, qui a ses vues sur tout, vous
» en ménagera sans doute l'occasion; seulement rappelez-

» vous bien que l'occasion est représentée chauve, n'ayant
» qu'une mèche de cheveux sur le sommet de la tête, qu'elle
» passe rapidement, et qu'il faut savoir la saisir au vol,
» parce qu'elle ne revient plus. » (Textuel.)

Peu de jours après, l'air avait subitement changé : de doux et tiède, il était devenu dur et glacial ; le vent du nord avait remplacé celui du midi, de gros nuages d'un brun jaunâtre annonçaient la neige si triste et le froid prolongé. Alors, adieu nos promenades scientifiques. Je n'étais pas sortie depuis plusieurs jours, quand, une après-midi, M. Léon vint me demander si je voulais faire une promenade aux Tuileries. Il était près de cinq heures, c'était presque l'heure de notre dîner de famille ; mais, au commencement de mars, les jours sont déjà grands, et nous devions revenir vers six heures pour notre repas du soir, nous promettant de revenir avec un appétit doublé par l'exercice de notre promenade.

Nous étions à peine sur les quais, que le froid vif et piquant nous chassa.

— Si cela ne vous contrariait pas, me dit M. Léon, pour remplacer notre promenade, nous irions au théâtre ; je suis étranger ici, je ne sais pas distinguer le genre de vos théâtres, je vous en remets donc le choix ; mais je dois vous avouer que je n'aime pas ces drames bien noirs qui, en faussant l'esprit des gens, leur faussent le goût ; ils ne visent qu'à l'effet, ou plutôt ceux qui les fabriquent à gagner beaucoup d'argent, s'inquiétant peu de l'influence dangereuse qu'ils ont : il est vrai qu'une bonne pièce ne réussirait peut-être pas. Vous aller me trouver difficile, mais je préfère cela encore à ce que vous me trouviez maussade à côté de vous. Je dois donc vous avouer aussi que je n'aime pas non plus les cris de ventriloque de certains artistes qui, quand ils ont crié bien haut, bien contracté leur bouche, croient avoir fait merveille. Je veux des artistes simples et naturels autant que possible, et une pièce qui ait au moins l'ombre d'un peu de bon sens. (J'ai répété mot à mot.)

Décidément, M. Léon était difficile.

J'avais entendu parler d'une manière *très-honorable* d'une nouvelle pièce qui se jouait alors au Gymnase-Dramatique, ayant pour titre : *La Crise*, écrite par M. Octave Feuillet. Je parcourus les affiches de théâtre, et, à ma grande satisfaction, je lus sur celle appartenant au Gymnase : *la Crise!* Pour moi, c'était l'occasion représentée chauve. M. Léon était loin de lire dans ma pensée ; je n'avais donc aucune inquiétude qui puisse m'accuser d'avoir surpris sa bonne foi.

Au premier acte, et à la première scène de M. de Marsan avec le vieux domestique Antoine, rôles remplis avec autant de tact que de goût par MM. Lafontaine et Thibaut, M. Léon exprima tout haut et avec une naïve franchise la satisfaction qu'il éprouvait de cet attachement antique des vieux domestiques d'autrefois envers leurs maîtres, et quand, à une boutade de M. de Marsan, Antoine répondit avec cette voix cassée de vieillard, empreinte de cette émotion profonde d'un cœur qui n'a su qu'aimer et se dévouer.

ANTOINE.

« Je suis peiné de voir que monsieur ne soit pas content de mon service : c'est peut-être la première fois, depuis trente ans que je sers monsieur avec fidélité et probité... »

Comme un enfant, qui ne sait pas encore dissimuler ses impressions, mais qui laisse voir dans son cœur comme dans un miroir, M. Léon, sans y prendre garde, se laissa aller à cette franche émotion des cœurs simples que les vices et l'intrigue n'ont pas corrompu.

Mais, dans la seconde scène de M. de Marsan avec Dessoles, rôle de médecin, rendu par M. Dupuis avec la conscience d'un artiste qui comprend son art et le bien moral et physique qui peut en rejaillir sur toutes les classes de la société indistinctement, quand il répondit, avec cette gravité persuasive, à M. de Marsan, qui venait de lui dire :

DE MARSAN.

» Je le sais !... tu fais de la médecine à ta manière... de la médecine... comment dirai-je ?... spiritualiste !

DESSOLES.

» Que veux-tu, mon ami !.. j'ai naturellement la conscience délicate... La première fois que, venant voir un de mes malades, je le trouvai sous la porte... cela me fit un effet singulier... Il me sembla que la police allait avoir l'œil sur moi, qu'on allait m'arrêter... Je reconnus que je n'avais pas le tempérament médical... Je ne voulus pas davantage, comme tant d'autres débutants, promener ma jeunesse meurtrière à travers les familles, marchant de mécompte en mécompte et de cénotaphe en cénotaphe... Je cessai de verser ma science suspecte dans le corps de mes semblables et laissai agir la nature dans son mystérieux domaine. Je devins médecin expertant... De plus, j'étudiai le mal... Plus souvent qu'on ne le pense, ce sont, vois-tu bien, les chagrins, les vices, les misères sociales qui ouvrent le chemin à ce qu'on nomme les maladies... Je tâchai d'étouffer dans leur germe ces maux pour lesquels mon diplôme était impuissant... Bref... Voilà ma méthode... Ne pouvant guérir, je console quelquefois... Je fais des ingrats, mais je ne fais pas de martyrs ! »

M. Léon avait écouté avec un recueillement méditatif ce morceau dont chaque mot portait en soi une douce et utile leçon à l'humanité. Se tournant vers moi, il me dit en me serrant affectueusement la main : « Qu'un médecin serait grand et puissant s'il prenait ainsi au sérieux son art. »

Et c'est vrai aussi ; après celle du prêtre rien n'est beau comme la mission du médecin quand il la comprend bien ; elle aussi est un sacerdoce et un apostolat ; que de bien moral et physique un médecin peut faire. Comme le prêtre chrétien, il devient l'ami des familles quand il est à la hauteur de sa mission.

Quand M. de Marsan reprit avec cet accent pénétré de tristesse : « J'ai besoin de toute ton expérience comme de toute ton affection ; Pierre, je suis réellement malheureux ! »

DESSOLES.

« Bah ! voyons donc ! qu'est-ce qu'elle a donc, madame ta femme ? est-ce que son carlin est malade ? »

Une ironie tranchante autant que gaie venait de succéder à la primitive gravité du médecin ; M. Léon le sentit de suite et fit tout haut sa réflexion : « Il devrait en être ainsi, dit-il, dans la vie ordinaire ; garder tout son respect, tout le labeur de sa science pour des douleurs réelles, et traiter avec ce charmant dédain ces prétendues maladies dont la source est dans l'inaction et l'ignorance de l'adversité. »

DE MARSAN.

« Tu connais Juliette ?

DESSOLES.

» Je la connais. Si jamais femme a orné la maison de son époux d'une beauté chaste, d'une tenue distinguée, d'un sens droit et délicat, et d'un sentiment maternel irréprochable, cette femme est la tienne.

DE MARSAN.

» A été la mienne... Oui, pendant dix ans, j'oserais dire que j'ai possédé un trésor... Et puis, un beau matin, cette douce Juliette, que tu viens de dépeindre, a pris tout à coup je ne sais quel air de victime obéissante, mais irritée; cette femme du monde, cette femme de goût a subitement emprunté aux prisonniers politiques certaines formules amères, certaines maximes âpres et concentrées... J'ai respiré avec effroi, dans son élocution jadis si sobre, je ne sais quelle mélancolie banale... je ne sais quel fade parfum poétique, avec une nuance socialiste...

DESSOLES.

» La femme d'un magistrat ? horreur !

DE MARSAN.

» Tiens, pas plus tard qu'hier, cette femme, dont tu as admiré souvent le choix du langage, elle appelait ma voiture un berlingot !

DESSOLES.

» Un berlingot... mystère profond... Est-ce tout ?

DE MARSAN.

» Non. En même temps que la femme, la mère s'est transformée : le mari est un tyran, les enfants sont un fardeau. On ne parle pas, on ne s'occupe plus d'eux. Voilà ce qui m'arrive, docteur; voilà la couronne d'épines que Juliette a déposée un matin sur ma tête innocente; et cela

sans l'ombre d'une provocation de ma part... Y comprends-
quelque chose ?

DESSOLES.

» Peut-être?.. A l'âge de ta femme.

DE MARSAN.

» Entre trente-trois et trente-quatre ans?.. Mais, chut ! je
l'entends : tu jugeras par toi-même ; je te ferai signe à
chaque symptôme.

SCÈNE III.

JULIETTE.

» Mais que vous êtes rare, docteur ; dites-moi? vous me
faites l'effet d'une vision !

DESSOLES.

» Veuillez m'excuser, madame ; mais, par état, je me dois
d'abord aux malheureux.

JULIETTE, *amèrement*.

» Ah! aux malheureux... Et nous, nous avons quarante
mille livres de rente... c'est juste, nous sommes nécessai-
rement au comble des félicités !..

DESSOLES.

» Hein !.. Madame, j'ai lu, il est vrai, dans les anciens

que la fortune ne faisait pas le bonheur ; mais nous avons changé cela.

DE MARSAN.

» Mais je ne puis m'empêcher de croire, parfois, que vous vous ennuyez ?

JULIETTE, *riant amèrement.*

» Que je m'ennuie est charmant ! Entendez-vous, docteur ? Dites-lui donc un peu que je suis la plus heureuse femme qu'il y ait.

DESSOLES, *gravement.*

» Je vous regarde au contraire, madame, comme la plus illustre infortunée des temps modernes. Le lépreux de la cité d'Aoste a trouvé en vous un pendant féminin. Job est dépassé... Souffrez que je continue. (*Il écrit.*)

JULIETTE, *haussant les épaules.*

» Avouez une chose, messieurs ; avouez que vous ne concevez de souffrance réelle que celle de la faim.

» Mais je n'en vois pas d'autre, dit M. Léon, avec vivacité ; quand on a le nécessaire des premiers besoins de la vie, que la pensée n'est point retenue captive sous cette cruelle inquiétude pour le repas du lendemain ; quand on ne se dit pas : « Comment faire !... » ; que notre front ne rougit pas sous l'insulte de l'humiliante aumône ; que l'on a un habit, une chambre et du feu, les autres maux s'évanouissent d'eux-mêmes, et l'on n'a pas le droit de se plaindre. Mais rien d'affreux comme cette douloureuse torture de la faim ! C'est un martyre de tous les instants, parce que l'in-

quiétude du présent empoisonne l'avenir du lendemain ;
et, certes, qui ne sait pas aussi que la misère amène l'op-
pression, et tous les maux et les vices qu'elle a pour
cortége ! »

Il avait fait sa réflexion tout haut, et il trouva des appro-
bateurs.

SCÈNE IV.

DEMARSAN, DESSOLES.

DE MARSAN.

« Voilà. Ce modèle de réserve, de dignité, de simplicité ;
cette femme naguère accomplie, tu viens de l'entendre tour
à tour quinteuse... acariâtre et plaintive...; froide pour
ses enfants... hostile à son mari... coquette même avec
toi !... Si tu devines le secret de cette métamorphose, dis-le
moi ; sinon, va-t'en ! Sais-tu ce qu'à ma femme, ou ne le
sais-tu pas ?

DESSOLES, *insistant*.

« Je le sais sur le bout de mes doigts ! Ta femme est en-
trée, dans ce que j'appelle en mon particulier, la crise.

DE MARSAN.

» La crise ? Qu'est-ce que c'est que ça ?

DESSOLES.

» Ça, c'est une maladie morale que peut gagner la meil-

leure des femmes, lorsqu'elle touche au seuil de la maturité. Tel est, mon ami, l'attrait du fruit défendu dont Ève
eut la primeur.

DE MARSAN.

» Oserais-tu penser que Juliette est une femme ?...

DESSOLES.

» Eh ! j'ose penser que Juliette est une femme... une
femme vertueuse, mais une femme du monde ! et de quel
monde, mon ami ? de ce monde parisien où tout loisir est
un péril, toute fête une occasion ? de ce monde qui com-
mande le devoir en pédant, et ne s'aperçoit pas qu'il
prêche le contraire de sa voix la plus séduisante ? qui, sans
le vouloir, sans le savoir, peut-être, abuse d'un vocabulaire
insidieux pour déguiser le petit mot : « Vice !... vice !...
non, parbleu ! jamais ! mais amour, passion, idéal, cœur,
âme, à la bonne heure ! » N'est-ce pas là, dis moi, la divi-
nité que ta femme entend célébrer jour et nuit autour d'elle,
depuis dix ans, sous mille périphrases complaisantes comme
les duègnes ?... Et pourquoi, je te le demande, l'argument
suprême, auprès d'une femme, est-il de lui dire : « Vous
n'avez pas de cœur ? » Que signifie cette phrase si niaise et
si victorieuse, pourtant : « Sinon, vous n'inspirerez jamais
ni une cavatine, ni un tableau, ni un drame, ni même une
romance ; rien, enfin, de ce qu'on aime, de ce qu'on fête et
de ce qu'on admire. Vous recevrez ce soir le baiser d'un
mari, et voilà tout. Voilà vos triomphes, à vous, femmes
sans cœur, femmes de pot-au-feu ! »

DE MARSAN.

« Il y a du vrai là-dedans.

DESSOLES.

» Étonne-toi donc, après cela, qu'une femme, fût-ce la tienne, comparant l'estime glaciale, presque ironique, que le monde accorde à la vertu, avec les adorations et les extases dont il entoure la passion, étonne-toi donc qu'elle puisse, à un jour donné, se trouver prise au cœur d'un doute amer et d'une immense curiosité ! Comment veux-tu qu'elle n'éprouve pas un désir terrible de connaître enfin l'objet de cette idolâtrie publique, d'approcher ses lèvres de cette coupe enchantée avant que ses lèvres soient flétries par la vieillesse ? Un moment arrive où la plus honnête peut être saisie d'une impatience fébrile. C'est alors que l'épouse devient maussade et la mère négligente ; c'est alors que le lien du devoir ne tient plus qu'à un cheveu… blond ! c'est alors, mon ami… Bref, voilà la maladie de ta femme !… Et, maintenant, bonsoir !… »

— Qu'avez-vous donc ? dis-je à M. Léon, en le voyant entièrement abîmé dans sa rêverie.

— J'ai, que ce qui vient d'être dit est la vérité à la lettre. Bien des femmes seraient restées vertueuses, si, moins abandonnées à elles-mêmes, souvent méconnues et dédaignées de leurs maris, leur isolement, joint au dépit, ne les poussait à aller chercher, dans ce monde brillant et corrompu, qui leur offre le vice sous de si poétique couleurs, des distractions et l'oubli de leurs ennuis domestiques, ou plutôt une sorte de vengeance qui, hélas ! ne doit retomber que sur elles, au dédain dont elles sont accablées dans leur intérieur !

— Est-ce une profession de foi que vous faites là, mon ami, ou la confession générale de la majorité des maris ?

— C'est l'une et l'autre, Madame. Je dis que souvent on prend une jeune femme, une enfant, plutôt, qui s'ignore, sans expérience de la vie et du monde, dont le cœur est d'or et l'âme de colombe; qui ne demande qu'à aimer et à être aimée, à se laisser guider! pauvre ange, qui ne sait du mal que le nom. On ne lui tient pas compte de ses heureuses dispositions, on ne s'occupe même pas de cultiver cette riche et bonne nature, de la protéger et de la défendre contre les dangers qui entourent sa jeunesse et son inexpérience, égoïste et brutale; on ne voit en elle qu'une belle et docile idole qui excite nos passions. Nous la descendons et l'assimilons à nos boues; nous lui donnons les vices qui sont les nôtres, et qu'elle n'avait pas; nous lui ôtons, en l'abrutissant à nous, ce bandeau de candeur et de douce modestie qui rend la femme si belle et si puissante de sa faiblesse même; et c'est ainsi que d'une épouse vertueuse et aimable, qui eût été l'ange de sa maison, nous en faisons un être dégradé, un ange déchu, qui rarement se relève.

— Puisque cette pièce vous fournit des réflexions si justes et vous impressionne à ce point, avez-vous réfléchi, mon ami, qu'au titre d'époux vous joignez celui de père?... que vous avez aussi une pauvre enfant, qui a besoin de l'affection de son père pour protéger sa jeunesse, l'aider de son expérience, la guider dans ce chemin inconnu de la vie qui commence par de voluptueux sentiers fleuris, et finit par d'étroits sentiers de ronces, si, à ce premier départ de la jeunesse dans la route du monde, il ne se trouve un guide prudent et sage, connaissant les chemins de ce rude voyage, pour la guider par la main dans ces mille détours qui conduisent dans la route vraie? Ne craignez-vous pas que votre enfant, s'égarant dans ces labyrinthes inconnus d'elle, ne vous accuse un jour de ses fautes, de ses douleurs?

— Oh! que vous êtes sévère, Madame!

— Vous ai-je fâché?

— Oh! non; mais vous avez porté si juste, que vous m'avez fait mal.

— Tant mieux, c'est que le remède fait effet.

— Vous me dites cela, Madame, avec un sourire bien doux et un son de voix bien affectueux ; mais l'on en sent pas moins l'amertume, après en avoir savouré la douceur.

— Si je vous montrais la vérité entourée de piques, elle vous effrairait, vous la fuiriez. Ne faut-il pas mieux vous la montrer souriante et aimable?

— Comme vous êtes vraie!... Oh! vous êtes une véritable amie... Merci!... Pardonnez-moi ces larmes, je suis un sot...; mais vous m'avez impressionné...

— On n'est jamais sot quand les larmes honorent.

Sa voix était paralysée par les larmes qu'il voulait retenir, il me serra la main silencieusement ; mais dans cette pression, toute la reconnaissance d'un cœur noble et simple était passée. Ce dialogue fut dit rapidement et bas, sans perdre de vue le jeu des acteurs.

DE MARSAN.

« Et cette crise, est-elle dangereuse?

DESSOLES.

» Horriblement !

DE MARSAN.

» Que peut faire le mari pendant ce temps-là.

DESSOLES.

» Je te le demande.

DE MARSAN.

» Tu penses que je m'en vais rester là les bras croisés, comme un sot, pendant que ma femme court après la science ! La délicatesse serait ici duperie. — Sur ton honneur, Pierre, ne connais-tu aucun remède à cette crise infernale ?

DESSOLES.

» Il y en aurait un peut-être ?.. car lorsqu'une femme d'un esprit naturellement élevé et délicat a reconnu par expérience tout ce qu'une passion poétique contient en réalité d'humiliantes mortifications et d'ignobles rougeurs, elle est radicalement guérie. Eh bien, si jamais un homme pouvait dire avec sécurité à un autre homme : Ami, je te livre mon bonheur et celui de mes enfants... Conduis ma femme jusqu'à la limite des abîmes ; qu'elle éprouve les soucis, les hontes et les dégoûts du chemin, sans toucher le terme fatal... Alors elle me reviendra... Oui, si un homme pouvait mettre cette confiance dans un de ses semblables, il y aurait un remède pour guérir Juliette. Mais, si l'impossible existe au monde, il est là !

DE MARSAN.

» Et cependant, tu as raison... Faire connaître les amertumes de la trahison avant qu'elle soit irréparable, ce serait l'unique chance de salut. »

Dans ces conseils indirects si ingénieusement donnés par l'auteur aux jeunes femmes, sous sa morale fleurie et persuasive qui prédispose à l'amour du juste, du bon, en leur faisant toucher presque du doigt les hontes du vice, en leur démontrant, sous un jeu aimable, les conséquences fatales qui résultent presque toujours des entraînements irréfléchis, combien de jeunes femmes, rendues à la solitude, voulant par le souvenir s'impressionner encore de ce qu'elles avaient vu et entendu, n'ont-elles pas été amenées, à leur insu, à faire une sage réflexion, d'autres à un salutaire remords, s'avouant que, bien plus que le vice, la vertu avait ses nobles et enivrantes coquetteries qui, en laissant à la femme son auréole de pureté, la ferait plus puissante et plus belle.

SCÈNE VI.

DE MARSAN.

« Ah ça, il faut que je remette en place ce précieux manuscrit... Tiens! elle a encore écrit avant-hier soir... Oui... 26 mai...

« Ce qui me met hors de moi, c'est mon mari; il va, il
» vient, il ouvre les portes, il entre et il sort, voilà sa vie.
» La seule chose qu'il n'ait garde de remarquer, c'est que
» son ami est de trop ici, et que c'est à lui, après tout, de
» le renvoyer... Jamais je n'ai passé une si cruelle soirée.
» Je voulais fermement lui signifier un congé devenu né-
» cessaire; mais M. de Marsan, qui est toujours absent
» quand il devrait être là, a eu ce soir, par un heureux à-
» propos, un accès de jalousie. Cet aveuglement se joint à
» ma faiblesse pour tout perdre. »

— Oh! ma femme pourrait bien m'adresser les mêmes reproches, se dit M. Léon à lui-même, de cette voix demi basse dont on recueille les mots malgré soi. Ah! voilà bien le monde, aussi injuste dans sa barbare sévérité pour les femmes, qu'injuste dans sa complaisante indulgence pour les hommes.

— Quel âge a votre dame?

— Trente-quatre ans.

— Alors, il vous faudra retourner près d'elle; c'est l'âge de la crise, vous le voyez.

— Y retourner?.. Ah! peut-être...
Il ne disait déjà plus jamais.

ACTE IV.

SCÈNE PREMIÈRE.

JULIETTE *seule, puis* JUSTINE.

« Qu'ai-je promis, mon Dieu?.. Comment ai-je pu, hier soir, quand il attendait sous ma fenêtre, lui jeter mon bouquet. S'il allait rencontrer... Non, c'est impossible!... Mais tout m'inquiète, tout m'alarme... Ah! ma conscience d'autrefois!.. Dans cette chambre, mon Dieu! où j'ai dormi de mon sommeil de jeune fille, où j'ai reçu tant de baisers de ma mère, j'ose attendre... (*Elle s'arrête, en poussant un grand cri, devant la glace qui est sur le guéridon.*) Ah! cette glace m'a fait peur!.. (*Elle tire vivement un cordon de sonnette à la cheminée.*) Ce matin, quand M. de Marsan m'a embrassée, j'ai cru que mon cœur s'arrêtait! Ah!.. ces femmes, qui conservent au sein de la trahison leur tranquille sourire, comment font-elles?.. Ces ténèbres me glacent. (*Elle tire de nouveau avec violence le cordon de la sonnette, l'instant après entre Justine.*) Voilà trois fois que je vous sonne, mademoiselle!

JUSTINE, *avec une insistance impertinente.*

» Madame, c'est que j'étais occupée; j'aidais dans un travail pour M. John, le domestique de M. Pierre Dessoles, et j'ai supposé que madame m'excuserait.

JULIETTE, *qui cherchait quelque chose dans sa table à ouvrage, un instant interdite, répond enfin d'une voix
hautaine et calme.*

» Comment? qu'est-ce que vous avez dit?

JUSTINE, *troublée et balbutiant.*

» Rien, madame; je... j'étais en bas... je n'ai pas entendu.

JULIETTE.

» De la lumière, je vous prie. (*Après que Justine est sortie, elle reprend d'une voix sourde.*) Cette fille m'a insultée.
En suis-je là?.. Suis-je tombée si bas, que mes domestiques
m'osent jeter l'outrage, et que je n'ose les comprendre?..
Faudra-t-il leur mettre de l'argent dans la main?.. (*Suffo-
quant.*) Oh! je voulais bien de la' douleur, mais pas de la
honte? (*Elle cache sa tête dans ses mains, en tombant as-
sise.*)

SCÈNE II.

JULIETTE, ANTOINE *portant une lampe qu'il pose sur la
cheminée.*

JULIETTE.

» Bien, merci.

ANTOINE, *qui l'a regardée avec une sorte de curiosité pénible.*

» Monsieur n'est pas là, madame?

JULIETTE.

» Non, il est à la ferme; il doit revenir vers dix heures.

ANTOINE.

» C'est que je voulais prévenir monsieur d'une chose...

JULIETTE, *troublée.*

» De quoi donc ?

ANTOINE, *la regardant en face et parlant avec une intention évidente d'avertissement et de reproche, sans sortir de son caractère simple.*

» J'ai vu tout à l'heure, dans le jardin, la plate-bande toute foulée, sous les fenêtres de madame ; et comme il n'y a pas mal de garnements dans le pays, je veux avertir monsieur.

JULIETTE.

» Oh ! c'est inutile, mon bon Antoine ; je m'en charge. (*On entend le bruit d'une porte qu'on ouvre.*)

JULIETTE, *à part.*

» C'est lui !.. Et ce vieillard ici... (*Haut.*) Eh bien, venez, Antoine... passez devant, vous allez me montrer cela...

SCÈNE IV.

DESSOLES, JULIETTE.

DESSOLES, *allant à elle.*

» Juliette, que s'est-il passé?.. Qu'y a-t-il, de grâce ?

JULIETTE.

» Rien... Je me trompe peut-être ?.. Mais il me semble que chaque regard, dans cette maison... me surveille et

m'interroge... que chaque parole m'outrage, et que chaque
mot de ma bouche me confond!.. Oh! je ne me ferai jamais à cela... jamais !

DESSOLES.

» Juliette, ces terreurs sont sans raison.

JULIETTE, avec un peu d'égarement et se levant.

» Oui... peut-être bien... sans raison... Tantôt, en effet...
je me rappelle... dans le parc, auprès de ce banc où vous
m'avez quittée... (baissant la voix) vos lèvres avaient touché mes cheveux... presque aussitôt... le petit Jules, mon
fils, est arrivé et a sauté sur le banc. J'ai vu ses yeux se
fixer sur ma tête... (avec un effroi profond) sur la place
même où, une minute auparavant... J'ai cru... oui, j'ai cru
qu'il en voyait la trace !.. C'était une fleur de lilas qui était
tombée dans mes cheveux, et qu'il a ôtée... Pauvre enfant!.. Pardon ; mais j'ai le cœur si plein... Tenez, si vous
pouvez un seul instant lire dans le désordre de mon esprit,
je vous ferai pitié... Je ne vis plus, je ne pense plus ; il me
semble que je fais un rêve terrible... et sans réveil. Je vois
passer vaguement autour de moi des formes connues... autrefois, hélas! bien-aimées!.. mon mari... mes enfants...
comme si j'étais déjà morte, et dans un pays de visions lu-
gubres, vengeresses. (On entend marcher à gauche. Juliette,
au comble de l'effroi.) C'est le pas de mon... de M. de Marsan. Mais il vient, vous dis-je !.. par ici... par ce cabinet et
par le salon.

DESSOLES, ressortant aussitôt.

» Impossible ?.. l'autre porte a été fermée en dehors.

JULIETTE, le repoussant du geste dans le cabinet de
droite.

» Mon Dieu, restez là ! (A l'instant où M. de Marsan entre

2.

*à gauche, elle prend vivement son ouvrage dans la petite
table.)*

SCÈNE V.

DE MARSAN, JULIETTE.

DE MARSAN, *simple et naturel.*

» Seule ?.. Je croyais trouver Pierre ici ?

JULIETTE, *travaillant.*

» Ici !.. Y songez-vous ?

DE MARSAN, *avec la même simplicité souriante.*

» Pourquoi pas ?

JULIETTE, *parlant avec effort.*

» Il n'est que huit heures... Vous n'avez donc fait qu'aller et venir ?

DE MARSAN.

» Mon Dieu, oui ; le fermier était parti pour la ville. Et
encore je suis revenu par le plus long, par le bord de l'eau...
Avec les étoiles qu'il y a ce soir, c'est délicieux.

JULIETTE, *indifférente.*

» Devenez-vous poète, par hasard ?

DE MARSAN, *riant.*

» Je n'ai garde de vous donner ce chagrin-là... Mais il y
a des moments où je rêvasse... comme tout le monde.

JULIETTE.

» Je trouve qu'il serait poli, quand on est marié, de rêver
haut.

DE MARSAN, *un peu sérieux.*

» Rêver haut?.. Et le faites-vous, vous, madame ?

JULIETTE.

» Oh ! ni haut, ni bas, moi !

DE MARSAN.

» Non, vous ne le faites pas ; vous gardez vos songes...
la fleur de vos pensées... et vous avez raison : pour les
échanger, il faudrait être plus lié que nous ne le sommes.

JULIETTE, *souriant.*

» Plus liés que nous ne le sommes... est plaisant.

DE MARSAN.

» Et plus vrai encore que plaisant. Ainsi, vous ne pouvez
nier que je vous aie dérangée ce soir ?

JULIETTE, *se troublant.*

« Mais pas du tout, je vous assure. A quoi rêviez-vous au
bord de l'eau ?

DE MARSAN.

» Et vous, à quoi rêviez-vous au coin de votre feu ?

JULIETTE, *avec l'ombre d'un sourire.*

» Mais... pas aux mêmes choses que vous probablement.

DE MARSAN.

» Qui sait?.. (*Il la regarde, elle baisse les yeux ; il reprend.*) A quoi je rêvais? J'essayais de recueillir mille p en-
sées que j'ai semées à la même place, il y a un peu plus de
dix ans.

JULIETTE.

» Avant notre mariage ?

DE MARSAN.

» Deux jours avant... Non, je ne pense pas que jamais un homme ait envisagé une circonstance aussi vulgaire que le mariage avec autant d'espoir et d'attendrissement que moi. J'avais eu... je vous l'ai dit... une ou deux maîtresses... et j'avais cru les aimer. Mais quand je songeais à vous, à ce jeune cœur qui allait se rapprocher du mien sous la bénédiction de Dieu et d'une mère... j'étais ébloui, troublé au fond de l'âme... je sentais que je n'avais jamais aimé... et que je vous aimais !.. Je m'étonnais comme un enfant du discrédit où est tombé le mariage dans le monde de l'imagination... Et pourtant, je pensais bien connaitre les écueils de cette mer qui m'attirait... et je me flattais de les éviter. Pourquoi, me disais-je, est-on si souvent bienvenu quand on rompt le tête-à-tête morose d'un mari et de sa femme ? C'est qu'ils sont enchaînés, mais pas unis. Eh bien ! je veux que nous soyons l'un pour l'autre des confidents si faciles et si chers, que ni ami de collége ni amie d'enfance ne puissent être regrettés. Je veux lui demander, après sa main, son âme tout entière, et d'avance lui donner la mienne ; je veux que nos deux existences soient si étroitement enlacées, qu'elles n'aient pas un sentiment, joie ou douleur, dans le présent ou dans le passé, qui ne leur soit commun. Ainsi se trouvaient remplies nos premières années d'union ; et, si je portais mes regards plus loin, il me semblait que nous pourrions passer sans trop de peine à une affection plus grave... plus séante avec des cheveux gris... surtout si la voix de nos petits enfants couvrait celle de nos regrets... Oui, j'espérais que les soirées seraient sans ennui, sinon sans quelque charme, entre tant de souvenirs partagés, et ces espérances vivantes... nos enfants ! Je voyais, enfin, notre vieillesse feuilleter en souriant le livre de notre double existence près de se fermer, et dont toutes les pages étaient bonnes à lire.

JULIETTE, *timidement.*

» Et... si tout cela n'est pas arrivé... qui accusez-vous, vous ou moi ?

DE MARSAN, *froid.*

» Un peu tous deux... Moi, pour n'avoir pas persévéré ; vous, pour n'avoir vu que le maître dans le mari.

JULIETTE.

» Combien de femmes n'auraient jamais eu une pensée d'infidélité, si leurs maris avaient eu la patience de les aimer comme vous le disiez... de leur parler comme vous venez de le faire ? Combien seraient sauvées à jamais... par un seul mot d'abandon... et d'indulgence ? »

Ce que l'auteur fait dire à l'artiste est sévèrement vrai : combien de femmes seraient restées honnêtes si elles avaient trouvé dans leurs maris cette affection sage et douce, ange gardien de la femme ; combien, en faisant le bonheur de leur maison, eussent fait aussi l'ornement de la société, si, au lieu d'être méconnues et dédaignées, quand *plus souvent elles sont calomniées,* elles eussent trouvé, dans celui qui était leur appui naturel, un tendre intérêt, un bon conseil donné à propos, un ami sérieux pour qui elles n'eussent pas eu de secrets et dont la volonté aimée et vénérée leur eût été chère.

Mais au lieu de cette protection que l'homme qui se respecte doit à celle qu'il appelle de son nom, par lui, le premier, elle est souvent insultée. C'est lui qui, souvent, jette dans un cœur vertueux la première pensée du mal ; lui qui,

presque toujours, a reçu d'elle *des témoignages incontesta-*
bles des plus héroïques dévouements, de la tendresse la plus
sainte, d'une abnégation poussée jusqu'au martyre, et, man-
quant de cœur et de loyauté pour reconnaître des sentiments
dont il n'a jamais été digne, se débarrasse du lourd fardeau
de la reconnaissance en jetant le premier la boue sur un
front pur, en portant le désespoir et la mort souvent dans
un noble cœur. Les unes meurent de langueur, les autres
cherchent un suicide moral dans de factices et trompeurs
plaisirs qui, loin de cicatriser leurs plaies, ajoutent à leurs
chagrins. D'autres, ce sont les plus rares, se replient vers
la religion, dont la douce et suave poésie engourdit leurs
souffrances.

Mais la société ne daigne pas compatir à ces douleurs
morales, et dont les conséquences toujours funestes rejail-
lissent cependant sur elle. Elle ne daigne pas aller à la source
des choses ; elle ne comprend de crimes réels que ceux du
poison, de l'assassinat ; quant à ceux qui se passent sans
bruit, qui ne se révèlent que par des larmes, la plainte qui
déborde d'un cœur trop plein longtemps comprimé, ce sont
pour elle des drames charmants dont elle fait sa pâture et
son jouet. Mais, entre la vertu et le vice, l'humanité de nos
jours n'a mis aucuns jalons pour protéger le faible, pour
encourager le malheureux. Encore fatalement et aveuglé-
ment égoïste, elle méprise tout malheur honorable ; plus,
elle le flétrit comme un crime. Ne s'étant pas encore dit que
chacun, indistinctement, était exposé aux mêmes vicissi-
tudes, elle s'est enfermée dans cette barbare et imprudente
devise : *Chacun pour soi !*

De cet égoïsme naît tant de scandales, de vices honteux,
de crimes révoltants. Et comment pourrait-il en être autrement, hélas ! quand tout ce qui est bon, honnête, utile, est
repoussé, ridiculisé, honni ?

Je me faisais ces réflexions à part moi, et M. Léon faisait celle-ci tout haut :

— La femme dont le cœur a conservé toute sa pureté primitive, dont l'âme tendre, honnête et loyale a pris au sérieux tous ses devoirs d'épouse, tombe rarement aux mains d'un honnête homme, et ses qualités, qui eussent dû être pour elle une source de paix et de bonheur, lui deviennent souvent fatales, par l'isolement d'abord où on la laisse, ensuite par les froissements continuels d'un être sensible et bon près d'un être brutal et dur qui brise et meurtrit chaque jour un peu plus cette âme sensible qui ne demandait, en retour d'immenses trésors de tendresse qu'elle donnait, qu'un peu de bonté et, à défaut de reconnaissance pour de nobles et généreux dévouements, qu'un peu de justice. Mais malheureusement, comme vous le dites souvent, madame, le monde ne tient pas compte de nobles qualités, il ne va pas creuser l'or de la vertu dans la gangue qui l'enserre étroitement ; il lui est plus facile de condamner tout de suite que de chercher la vérité avant de se prononcer.

— Puisque vous pensez si juste, mon cher monsieur, ne redoutez donc plus, quand vous voudrez faire une bonne action, le blâme de faux amis, dont le plus grand bonheur que l'on puisse vous souhaiter est qu'ils vous tournent le dos.

— Ah ! vous ne laissez rien échapper ; avec vous, tout porte.

— Ne faut-il pas que cette soirée nous soit doublement utile, et comme plaisir, et comme instruction ?

DE MARSAN, *dur*.

« Quant à être indulgent pour des fautes de cette nature, madame, c'est ce qu'il ne faut pas demander à un homme.

JULIETTE, *se levant et venant près de lui*.

» Oh! vous du moins, monsieur, j'en suis sûre, vous le seriez!

DE MARSAN.

» Vous me connaissez mal : je le serais moins qu'un autre; non-seulement je ne pardonnerais pas, mais je me vengerais de mon mieux. Je mettrais une sorte d'orgueil à me faire regretter... Ce serait une vengeance que d'exposer tout entière, sous les yeux de la femme coupable, cette âme qu'elle aurait brisée.

JULIETTE, *dont l'anxiété s'accroît*.

» Oh! oui, mais ensuite?.. (*Entendant un bruit de chevaux.*) Ce sont des chevaux de poste... Une voiture dans la cour!..

DE MARSAN, *froidement*.

» Ah! c'est Pierre qu'on est venu chercher de la part du marquis Despars qui se meurt dans son château.

JULIETTE, *à part*.

» Mais il est là!

DE MARSAN.

» Ensuite... je lui reprocherais, à ma femme... (*Juliette l'interroge des yeux avec terreur.*) Tenez, je ne lui reprocherais rien... je la laisserais à sa conscience... puis je partirais...

JULIETTE, *égarée*.

» Vous?.. c'est vous.

DE MARSAN, *avec force.*

» Oui, c'est moi qui partirais... lui épargnant cette peine. Je partirais avec ses enfants, si elle en avait... Ses enfants! la chair de sa chair, le sang de son cœur... je les emmènerais... je n'attendrais pas le bénéfice d'un ignoble procès où cette femme oserait encore peut-être me disputer ma dernière consolation!.. Non, j'irais vivre au loin avec eux... (*Avec larmes.*) Je leur apprendrais, pauvres enfants, à oublier leur mère!.. Je laverais sur leur front, à force de baisers, la tache de leur naissance!.. (*Il s'arrête et regarde sévèrement Juliette, qui semble avoir peine à se soutenir, puis il ajoute d'un ton glacial :*) Vous n'osez me renvoyer, mais je vois bien que vous êtes fatiguée. (*Il la baise au front.*) Bonne nuit. »

Le caractère de M. de Marsan est de ces nobles et bien rares exceptions que l'on rencontre de loin en loin, mais qui existent réellement. J'ai été témoin, dans deux ou trois occasions, de cette nature délicate, de la grandeur et de la générosité de ces caractères, et l'Evangile le prouve aussi. Quoi de plus doux et de plus beau que cette divine miséricorde du Christ envers la femme adultère! Quoi de plus doux et de plus capable de ramener au bien que ces paroles divines : « Femme, retirez-vous ; le pardon vous attend aux pieds de votre époux. » Mais quelle leçon plus noble donner aux hommes, en les invitant à être miséricordieux les uns envers les autres. (Mais Juliette n'était pas une femme adultère.)

SCÈNE VI.

JULIETTE, *à demi voix, avec égarement.*

« Mon Dieu, mon Dieu!.. (*Prise d'une idée subite, elle se relève, court à la porte du cabinet et pousse le verrou.*) Je ne veux pas le voir... je ne veux pas... Je veux voir mes enfants, j'en suis digne encore! j'en serai digne toujours... Mon Dieu, je vous le promets!.. (*On entend le bruit d'une voiture qui part; Juliette pousse un cri.*) Ah! sans pitié! sans pitié!.. comme il l'a dit... il part. Que vais-je devenir, mon Dieu? que vais-je devenir?.. Ah! si je pouvais mourir là!.. (*On frappe à la porte du cabinet.*) Non, non! je ne veux pas vous voir... j'ai rêvé... j'étais folle... je ne vous aime pas.

VOIX D'ENFANTS.

» Ouvre donc, mère... (*Juliette dresse la tête avec anxiété, se relève et écoute immobile.*) C'est nous, mère.

JULIETTE, *avec exaltation.*

» Mes enfants!.. (*Elle ouvre la porte, se jette sur ses enfants, qui entrent chargés d'énormes bouquets, et s'assied sur le canapé en les pressant sur son cœur.*)

LES ENFANTS.

» C'est ta fête demain... Nous t'avons joliment surprise, hein?.. (*Courant à leur père.*) C'est papa qui a eu cette idée-là...

DE MARSAN, *qui est entré, suivi d'Antoine, lequel demeure
au fond, attendri et en extase.*

» Une sotte idée, ma chère, puisqu'elle vous a effrayée ;
mais nous allons souper là... en famille... et cela vous re-
mettra.

JULIETTE, *lui sautant au cou.*

» Oh ! vous êtes bon... mon Dieu ! que vous êtes bon ! »

M. Léon était vivement impressionné, ses souvenirs lui
revenaient en foule, plus vifs et plus récents, chaque mot, pour
lui, frappait juste et ramenait sa pensée vers des êtres chéris,
dont il se reprochait l'abandon. Le rôle de Juliette rempli
par mademoiselle Rose-Chéri (madame de Montigny), qui
ajoutait encore au prestige de son talent, celui d'une femme
honorable et de tous honorée, ne contribuait pas peu à
impressionner M. Léon. Madame Rose-Chéri semblait avoir
donné une vie à chaque mot, et personnifié le remords ; elle
semblait avoir nuancé l'expression des pensées dont elle s'était
faite l'interprète, de ce charme délicat et vif des âmes honnêtes, qui savent faire ressortir, sous l'attrait du plaisir, la
vérité d'une morale aimable et gracieuse, qui, quoique en
disent les sceptiques, et pour l'honneur de l'humanité encore,
prend pourtant tant d'ascendant sur la généralité, et c'est
fort heureux qu'il en soit ainsi, car avec l'absence de toute
morale, le dédain pour tout ce qui est vertueux et bon, que
deviendrait la société ; si le cynisme du vice, comme une
lèpre hideuse, allait toujours s'agrandissant ?

M. Léon faisait des efforts inouïs pour cacher ses larmes,
s'efforçait à sourire, parlait très vite, cherchait à plaisanter,
détournait la tête faisant mine de se moucher, s'apostro-
phait lui-même du nom de sot. Efforts inutiles ; en dépit

de lui-même , les bienheureuses larmes s'échappaient des paupières qui voulaient les retenir captives et tombaient sur ses joues , malgré le mouchoir qui s'efforçait aussitôt d'en effacer la trace.

Silencieuse, j'admirais cette bonne et simple nature, qui ne s'était point blasée au contact des vices des grandes villes, mais qui avait conservé, dans toute sa primitive pureté, ses goûts simples et cette précieuse sensibilité si rare et si ridiculisée au milieu de notre siècle mercantile et matériel.

Pour moi , la pièce et le jeu des artistes n'avaient été qu'une étude; pour lui , ils avaient été une douce et salutaire leçon.

M. Léon m'avait quittée très impressionné et très contrarié de n'avoir pu me dissimuler des larmes arrachées à l'émotion que lui avait causée cette pièce, qui avait tant de rapport avec sa position de famille.

—Ah!si mes amis m'avaient vu ce soir, me disait-il encore avec dépit, en prenant congé de moi, c'est pour le coup qu'ils diraient que je ne suis pas un homme , mais une femmelette, une poule mouillée !.... et ils auraient raison. Mais bah ! demain il n'y paraîtra plus !.. C'est égal, cette pièce m'a fait plaisir, c'est vrai, mais elle m'a fait mal en même temps. Aussi pourquoi vais-je , comme un sot, prendre cela au sérieux, et quand je vais au théâtre pour m'amuser, pour quelques mos dits, m'en aller faire des réflexions... Ah ! je suis furieux contre moi !

Le lendemain , la soirée était avancée quand M. Léon revint, je ne l'attendais plus. Sa contenance était celle d'un homme embarrassé et pourtant satisfait de lui-même, je voyais qu'il avait quelque chose à me dire, et qu'une sorte d'amour-propre mal entendu le retenait ; il roulait son chapeau dans ses mains, dans un même instant me demanda deux ou trois fois des nouvelles de ma santé , toussait , se mouchait; et pour se donner l'air moins embarrassé se mit à caresser une bonne vieille amie de chatte, qu'il savait que j'aimais beaucoup , et à lui faire à elle des demi-confidences. Je m'amusai quelques instants de cet innocent manège, et le prenant enfin en pitié, je voulus le mettre à son aise.

Je lui retirai son chapeau des mains, lui disant en souriant :

— Est-ce à moi ou à Bellotte que vous faites ces confidences? Comme elle n'a pas assisté à la représentation d'hier, elle n'est pas au courant, je me vois obligée de vous répondre pour elle. Allons! venez vous asseoir là, au coin du feu; vous ressemblez à un écolier qui craint d'être puni. Quel grave péché avez-vous donc à me confier? — Je vous promets, si vous êtes sincère et repentant, indulgence et absolution.

— Vous avez raison, ma bonne Henriette, de vous moquer de moi ; pourquoi redouter de vous confier une décision qui est votre ouvrage et qui doit me mériter votre approbation ? Mais je vous le redis, malgré vous, malgré moi, vous m'en imposez.

— Vous êtes un grand enfant; c'est quand vous parlez ainsi que vous n'êtes pas un homme. Allons, je vous écoute.

— Je m'étais pourtant promis cette nuit, oh! mais là bien promis, que je ne verrais ni ce bon monsieur du ministère, ni vous, redoutant votre influence.

— Je gage que vous nous avez vus tous les deux ?

— C'est vrai ; je suis allé lui rendre compte de notre soirée d'hier.

— Voyez comme je vous connais bien ; et que vous a dit Monsieur Grivet ?

— Ce que vous m'avez dit vous-même, madame, de retourner chez nous.

Il me prit les mains dans les siennes, il était très ému.

— Oui, je retourne près des miens... Mais pardonnez, madame, à cette émotion dont je ne suis pas le maître ; mais quoi que je fasse, je ne peux vous quitter sans regrets... Quand je pense quels amis je laisse... Cet homme excellent, qui n'a pas dédaigné de recevoir un paysan, de l'écouter longtemps, de le conseiller en même temps qu'il le consolait, lui, entouré de gens aux manières élégantes, au langage choisi ; et quand je me souviens qu'il a bien voulu chercher ma main et la presser... Oh ! tenez, mon cœur est plein de reconnaissance et d'admiration ; je voudrais rester et partir...

— Il faut partir, mon ami ; vous nous écrirez et vous nous retrouverez dans nos lettres heureux de votre bonheur et toujours vos amis, car vous êtes un honnête homme. Il faut partir parce que votre place n'est pas ici ; souvenez-vous qu'une épouse, une enfant vous appellent de tous leurs vœux, et qu'il est temps de rendre à l'une son époux, à l'autre son père ; qu'à votre foyer domestique, le bonheur vous attend ; ici, vous ne pourriez être heureux, vous avez un caractère honnête, une âme droite et impressionable ; ici, tout vous étonnerait, tout viendrait vous heurter et vous froisser, et le dégoût amer viendrait bientôt vous assaillir ; vous vous feriez chaque jour quelque déchirure nouvelle qui viendrait aigrir et gâter votre bonne nature ; aux âmes d'élite comme la vôtre, il faut les douces joies de la famille et des jours calmes et sans remords.

— Quand je suis près de vous, ma bien chère Henriette, il me semble que je suis fort, que ça va aller tout seul, que rien n'est plus facile que de faire son devoir, je suis tout électrisé ; mais quand je me retrouve tout seul ou avec mes amis, ce qui me paraissait si facile me paraît alors une montagne impossible à soulever. Pardon de ce que je vais vous dire ; mais parfois il me semble que je vous déteste, que je hais ma femme, ma fille et moi-même.

— Haïssez-nous, si ça peut vous faire du bien, mais restez honnête et ne voyez plus ces gens que vous appelez vos amis, et qui, croyez-le, sont vos plus dangereux ennemis ; feignez d'être ruiné et vous les jugerez à l'œuvre.

— Vous avez sévèrement raison, madame ; sans avoir cherché à feindre, dans un moment de gêne je me suis déjà convaincu ; mais je suis incorrigible, je crois ce qu'ils me disent quand ils reviennent.

— Rappelez-vous bien, mon pauvre ami, que souvent la faiblesse de caractère est plus qu'un vice essentiel, qu'elle conduit presque toujours à la misère et à tant d'autres maux, conséquence du premier. Enfin, quand partez-vous ?

— Ce matin ; j'ai fait mes adieux à ce bon monsieur, et je viens vous les faire à présent. Ah ! comme ma femme et ma fille vous béniront tous les deux !

— Vous en oubliez un ; il ne faut pas être ingrat, car nous sommes trois.

— Qui donc encore ?

— Et l'auteur de la pièce.

— Ah ! vous avez raison, ce bon auteur qui fait de si

honorables conversations ; si je le connaissais, je crois que j'irais l'embrasser et l'inviterais à venir passer toute la belle saison chez nous... Vous croyez que je ris ! Et bien, franchement, j'aurais du plaisir à voir réunis dans un jour de fête autour de notre table de famille l'auteur et tous ces charmants artistes qui ont si bien interprété sa pièce, et qui, en me procurant tant de plaisir, m'ont fourni aussi de si bonnes réflexions. Je vous assure que si je suis heureux quand je serai rentré auprès des miens, ils m'inspireront plus d'une fois une pensée de reconnaissance.

C'est tout de même singulier ; voilà des gens qui ne savent même pas si j'existe, qui ne se doutent même pas du bien qu'ils m'ont fait ; et mon retour au bercail est pourtant aussi un peu leur ouvrage, ajouta-t-il en souriant ; il faut avouer que la vie a parfois de ces bizarreries inconcevables. Mais je me hâte de bâtir des châteaux en Espagne, quand je suis inquiet de la manière dont mon retour sera accueilli. Ma femme ne s'en doute pas ; de quel œil va-t-elle me voir ?

— Pourquoi vous préoccupez-vous de cela ? Peut-on mal accueillir le père de son enfant et garder rancune à un être cher ?

— Oh ! si vous connaissiez le caractère de ma femme, vous ne seriez pas si confiante ; puis aussi que l'on a rien épargné pour le lui aigrir.

— L'absence, mon pauvre ami, change souvent bien la face des choses, et l'on ne comprend la valeur d'un bien que quand on en est privé. Voulez-vous que je vous donne le secret d'être, sinon parfaitement heureux, car il n'y a pas de bonheur parfait sur cette terre, mais au moins de vivre en paix, car c'est toujours du début que dépend notre avenir soit en bien, soit en mal. Mon conseil sera peut-être un peu difficile à suivre, mais il n'est pourtant pas impossible.

C'est, quand vous allez-être rentré chez vous, mon ami, et que les premiers moments de surprise et d'épanchement seront passés, de bien vous organiser vous et votre dame pour votre point de départ; de remonter au passé, non pas pour vous rien reprocher mutuellement, mais pour y chercher au contraire votre instruction; c'est de voir tout ce qui a contribué à amener la guerre à votre foyer, et d'après cette sage et minutieuse revue, d'éloigner jusqu'à l'ombre des mêmes causes qui vous ont été si fatales; de n'admettre dans votre intérieur aucune personne, soit parent, amis ou étranger, dont l'influence et les conseils pourraient vous être préjudicibles encore; de vous habituer tous deux à éviter tous ces petits mots piquants qui, au début, ne sont rien, mais dont les conséquences deviennent toujours presque funestes; comme la goutte de vin tombée dans un verre d'eau : on ne voit même pas sa nuance, mais insensiblement goutte à goutte, l'eau se colore, et il est trop tard alors pour revenir derrière soi. Prenez l'habitude, si vous le pouvez, de ne rien faire sans vous consulter mutuellement, même dans les petites choses, parce qu'elles deviennent toujours la conséquence des grandes ; mais bien plus encore, et c'es là le difficile, donnez-vous votre parole l'un et l'autre et tenez-la ; quelles que soient les petites discussions que vous pourrez avoir ensemble, de ne jamais souffrir un blâme, ni un mauvais conseil contre l'absent, et jurez-vous de tout vous redire. Si vous pouvez suivre cette recette à la lettre, vous serez tout étonnés tous les deux de voir naître autour de vous un bonheur calme et doux, dont vous étiez loin de soupçonner l'existence, et vous comprendrez alors combien vous avez besoin l'un de l'autre et combien vous vous êtes chers l'un à l'autre.

M. Léon m'avait écouté dans un profond recueillement, serrant avec une sorte de respect religieux ma main dans les siennes; j'avais cessé de parler depuis quelques secondes qu'il m'écoutait encore. Puis il reprit lentement, reportant sur moi ses yeux remplis de larmes.

— Pour la dernière fois , Madame , pardonnez-moi ces larmes , mais votre voix a fait vibrer en mon cœur tant d'échos que je croyais éteints, vous m'avez fait entrevoir un bonheur si vrai , dans des goûts simples et honnêtes, que, quoi qu'il en coûte à ma nature altière et susceptible, je vous jure que je ferai d'héroïques efforts pour arriver à ce bonheur, d'autant plus dédaigné, qu'il n'est pas connu; j'ai besoin de croire avec vous, Madame , que l'accueil de ma femme pour moi sera celui d'un bon et noble cœur, et pour me mettre à l'unisson de votre langage, que le doux soleil du raccommodement séchera bientôt une pluie d'orage.

— Mais à notre tour, chère Henriette, ne pourrons-nous donc rien pour votre bonheur ?

— Rien, mon ami, que de vous souvenir de moi, dans votre prière de famille.

Il m'embrassa avec effusion; une minute après, je sentis quelque chose glisser lentement sur mon front : c'était une larme. M. Léon était parti.

RÉFUTATION

A

M. ALEXANDRE WEILL

Rédacteur de la *Gazette de France*.

⚓

DÉDIÉ A M. ULRIC GUTTINGUER

Rédacteur de la *Gazette de France*.

Monsieur,

En ajoutant à ce petit volume ces quelques réflexions, il m'a été doux et consolant de penser qu'en vous les soumettant, il y a quelques mois, elles avaient eu, sous le rapport moral, votre précieuse approbation, et qu'en réunissant dans un même livre le nom de M. H. de Lourdoueix et de M. Ulric Guttinguer, à défaut de talent, c'était mériter l'indulgence et la bienveillance de toute personne honorable; car, quelles que soient les opinions contraires, ces deux noms, par tout ce qu'il y a d'honnête, sont prononcés *avec respect*, et la garantie la meilleure des bonnes intentions que j'ai eues en écrivant, est d'avoir rapporté à ces maîtres *vénérés* l'hommage de ces pages, quelque imparfaites qu'elles soient; car, orpheline de père et de mère, c'est par eux que j'ai appris à croire, à prier, à souffrir.

Que n'en peut-on dire autant à tous ceux qui écrivent : les sociétés en vaudraient mieux.

Veuillez aujourd'hui, monsieur, avoir pour agréable cet hommage de profonde et respectueuse gratitude.

Henriette GEOFFROY.

A M. ALEXANDRE WEILL.

Monsieur,

Abonnée à la *Gazette de France,* veuillez me pardonner de venir vous faire quelques réflexions concernant votre feuilleton du 20 janvier 1857, dans ce journal, traitant de la littérature et des théâtres.

M. Hippolyte Babou, écrivez-vous, monsieur, veut que la littérature théâtrale appartienne au second rang, et, pour preuve, il dit :

« D'abord, depuis longtemps, c'est un succès de bas en haut fait par la quantité au dépend de la qualité. »

Ici il est dans le vrai.

« Rien d'original, rien de nouveau n'est donc possible. Aussi la majeure partie des pièces à succès traitent-elles de sujets rebattus jusqu'à la satiété, réchauffés par des mots qui courent les rues, et soutenus par les ficelles les plus communes. »

Sous ce rapport, M. Babou est toujours dans le vrai, mais non quand il prétend à l'impossibilité de faire de bonnes et puissantes créations, et je suis certaine que si M. Babou voulait sérieusement se mettre à l'œuvre, il trouverait dans la fécondité de son imagination un sujet neuf, original, moral en même temps, qui, sous une frivolité apparente, une gaîté aimable, au milieu d'un bon rire, porterait en lui un bon conseil, une utile réflexion, à l'insu du spectateur qui, à un temps donné, lui reviendrait comme un écho ami et porterait de bons fruits, sans pour cela avoir besoin de recourir à ces mots qui courent la rue, à ces ficelles communes soutenant des sujets rebattus, à ces succès partant de bas en haut, qui faussent le goût des masses en faussant aussi la chaîne délicate de leurs pensées, qui viennent leur ôter l'instinct du bon, du juste, du beau : il faut instruire en riant, corriger en jouant, et je suis, dans cette circonstance, très-partisan de la fable de M. de Saint-Génier. Cette fable, la voici :

L'ORIGINE DE LA FABLE.

Lorsqu'à la race humaine un Dieu donna naissance,
De ce feu créateur qui fait l'intelligence,
    Au même instant la Vérité naquit;
    En souriant le Dieu lui dit :
« Des œuvres de mes mains, vierge, image fidèle,
Ainsi que l'univers, tu seras immortelle. »
A quelque temps de là, le Dieu vit qu'ici bas,
La Vérité causait des troubles, des débats;
Les princes la trouvaient tout à fait haïssable,
Quelquefois même au peuple elle ne plaisait pas.
Le Dieu prit pitié d'eux, et fit naître la Fable.
« De ta sœur, lui dit-il, le partage est plus beau,
    Pourtant contre elle on se déchaîne.
Viens, d'un voile discret entourer son flambeau;
    Viens la sauver de l'injustice humaine.
Qu'elle soit, par tes soins, dérobée à demi
    Aux regards d'un monde ennemi,
    Apprends quelle est ta destinée,
    Comme ta sœur, tu n'es point née
    Immortelle, et s'il vient un temps
    De simplicité, de droiture,
Où la vérité règne, où sa lumière pure
Sans péril apparaisse aux petits comme aux grands,
Et ne soit plus l'effroi des sots et des tyrans,
Ton existence alors, n'étant plus nécessaire,
    Ma pauvre fille, tu mourras.
L'instant où la franchise aux humains saura plaire,
    Sera l'instant de ton trépas.
— Ah! dit la Fable, au ciel, j'aurais tort de me plaindre,
    Puisque je n'aurai rien à craindre;
L'homme plus que la mort fuira la vérité,
Qu'envirai-je à ma sœur? Ainsi qu'elle, ô mon père
    J'ai reçu l'immortalité.

L. DE SAINT-GÉNIER.

Le sens de cette fable me semble très-juste et très-profond : je crois que l'on pourrait avoir une littérature spirituelle, gaie, dont les gracieuses fictions, en rendant la morale agréable et la vérité charmante, ôteraient à l'aridité du sujet, et, sous ce doux mensonge, ferait la vérité forte et puissante. Car, enfin, nous ne pouvons pas dire aujourd'hui que nous ayons véritablement une littérature de bon aloi, aussi bien celle du théâtre que celle des livres. Je ne parle pas de quelques hommes honorables et éminents faisant exception; ceux-là toutes les intelligences ne peuvent arriver à eux, mais je parle de cette littérature quotidienne, journalière que tous lisent indistinctement, aussi bien le riche que le pauvre; et M. Roselly de Lorgnes, dans son livre : *Le Christ devant le siècle*, à la page 383, démontre parfaitement cette littérature bâtarde et corrompue; ainsi il dit :

« Ayant tari la source des émotions douces et nobles, des inspirations grandes et fécondes, ils ont enfanté une littérature d'efforts, violente et heurtée; la rudesse, la bizarrerie, le cynisme ont occupé la place du talent, de l'originalité. Par suite de ce dévergondage, on est arrivé à ne plus se récréer qu'au spectacle du vol, du meurtre, de l'assassinat, du parricide ; et comme tout finit par s'user, on a fait bientôt de la scène une boucherie humaine, heureux quand ce galvanisme dramatique, affaiblissant les tableaux d'immoralité, fait oublier que le théâtre est devenu l'école du crime, et pour plusieurs l'antichambre du bagne. »

M. Roselly de Lorgnes, dans ce peu de lignes, reste peintre fidèle et vrai; ses tableaux, loin d'être exagérés, sont le miroir fidèle qui réflète, dans toute sa hideuse nudité, l'état de la littérature et du théâtre aujourd'hui.

« Du temps de Racine, de Corneille, de Molière, dit M. Babou, la cour, le petit nombre, l'aristocratie d'intelligence faisaient le succès d'une pièce. Quand la cour avait prononcé, le peuple, bon gré mal gré, était forcé de ratifier le jugement. Dans ce temps, la littérature était possible au théâtre. »

Si M. Babou veut remonter au temps du règne de Louis XIV, il verra d'abord que les mœurs de cette époque n'étaient pas les mêmes que celles d'aujourd'hui, et que la position du peuple n'était pas la même non plus.

Qu'est-ce que l'on entend par les noms *aristocratie* et *peuple?* Deux classes différentes : la première, la moins instruite, attendu son manque de fortune, de temps, ses travaux manuels de tous les jours, quand ce n'est pas encore de ses nuits, n'avait donc ni l'instruction voulue ni les principes nécessaires pour s'élever à la littérature des grands maîtres; elle la subissait sans la comprendre. Depuis on a voulu faire une littérature exceptionnelle pour le peuple, et on la lui a faite fausse, ignoble, stupide; on l'a trompé, égaré, et, comme le dit avec tant de vérité M. Roselly de Lorgnes, « pour plusieurs elle est l'école du crime et l'antichambre du bagne. » Mais il n'est pas à dire que, parce que les masses en général ne peuvent s'élever à la hauteur des chefs-d'œuvre littéraires, il faille rester pour cela dans un marécage néfaste et fangeux, et ne pas tenter un noble et vigoureux effort pour s'en sortir. Ce serait pour nous aussi triste qu'humiliant, et peu rassurant pour l'avenir, si tous généreux efforts à une noble régénération nous étaient interdits; si, à nous, le bien devient une impossibilité et que nous ne comprenions de possible que la continuation du mal. Alors, ce n'est plus avancer, c'est reculer, c'est marcher à une décadence certaine, c'est s'enfoncer par-dessus la tête dans les boues d'un matérialisme sauvage et marcher vers un cataclysme inévitable; c'est vouloir que nous devenions, pour les générations à venir, un sujet de dédain et de pitié. Pourquoi, si insoucieux de travailler à notre honte, ne pas faire d'héroïques efforts pour laisser de nous de nobles et utiles souvenirs? Mieux vaut encore l'héroïsme de l'impossible vers le bien que cette honteuse et apathique insouciance pour tout ce qui est mauvais.

« Allez donc faire voter un public de trois milles personnes sur la poésie, sur l'originalité d'une pensée, sur la beauté du style. Voter pour le poète, pour le penseur, pour le moraliste. Les grandes pensées, le grand style, les nobles actions s'imposent et ne s'imposent que par une aristocratie littéraire ou par le génie proclamé et soutenu d'en haut, dont le jugement fait loi. »

J'observerai à M. Babou, que ces chefs-d'œuvre littéraires ne peuvent être compris que par un très petit nombre d'intelligences d'élite, qui ont pour elles l'instruction et le talent, et vouloir rester dans le cercle restreint de cette littérature supérieure, ne serait ni logique, ni sage. Le peuple aussi veut sa littérature, et il la lui faut; lui aussi a besoin de s'instruire, et jusqu'à ce jour on n'a pas encore sérieusement travaillé pour lui.

Pour lui faire aimer et apprécier les œuvres des grands maîtres, il faut qu'il puisse les comprendre, et c'est doucement et par degré qu'il faut l'apprendre à lire ces livres si beaux.

Si pour bâtir un édifice on commençait par le faîte, on serait sûr de n'y arriver jamais; il en est de même de l'instruction des peuples, elle est l'ouvrage du temps et de quelques hommes de génie réel, de hardies et généreuses conceptions qui viennent aussi jeter leur grain de sable dans cet océan de la vie en attendant que d'autres viennent leur succéder.

« Le théâtre ne s'impose pas. »

Non sans doute il ne s'impose pas, mais il peut se modifier.

« Il faut plaire à trop de monde et à trop d'intérêt. De là vient que vouloir régénérer le théâtre par des pièces morales et des prix de vertu, c'est tenter l'impossible. La première condition de vie pour un théâtre, forcé de faire ses frais et de donner des dividendes à ses actionnaires, est d'amuser toujours les spectateurs n'importe par quel moyen. »

Tenter l'impossible ! Cette impossibilité-là, si elle était vraie, serait bien humiliante, bien dégradante pour un pays. Ce serait lui dire : Tu ne seras jamais grand, parce que dans ton sein tu n'as rien de noble, rien de fort ; tu es trop infirme, trop lépreux pour espérer guérir de la gangrène qui te ronge ; reste dans ta contagion ; péris dans ton isolement, dans ta faiblesse, car tout ce qui est puissant et beau ne saurait t'approcher, ni te toucher.

« Et d'amuser toujours les spectateurs, n'importe par quels moyens. »

Quoi, le cynisme du vice, de l'infamie, ne doit pas faire reculer ? — Poétiser le vice, ériger le crime en héros, élever des autels à la prostitution, à la rapine, à la fraude, ces moyens là, du moment qu'ils rapportent de l'argent sont admissibles et tolérés ?... Il faut alors qu'un pays soit bien malade, quand il en est arrivé à ces extrémités. Jeter dans le cœur de l'homme les premiers jalons de la déloyauté, de l'escroquerie, apprendre à la jeune fille à ne plus rougir, lui rendre lourde sa virginale pudeur, lui donner des vices qu'elle ignorait, des goûts excentriques et au-dessus de sa position, lui ravir ce bien si précieux que nulle fortune ne peut rendre jamais, la paix du cœur et de la conscience ; la faire rougir de sa petite robe de toile et la faire descendre ainsi au dernier échelon du vice pour échanger sa toilette d'innocence contre la livrée de la honte et de l'infamie ; faire que l'épouse se prostitue, et poussée de faute en faute, en arrive enfin au crime, qu'elle fasse la honte et le désespoir d'un époux et de ses enfants ; et voilà les *n'importe quels moyens ?*. Ah ! un pays serait bien près de sa perte s'il en était ainsi, il faudrait qu'il soit bien maudit de Dieu et des hommes honnêtes, si ces *n'importe quels moyens* étaient les derniers mots qu'il lui soient jetés comme une irrévocable sentence. Oh ! pour moi, je ne veux pas, je ne peux pas le croire, oui je me redis, il vaut mieux essayer de tenter une régénération prétendue impossible, qui ferait diversion au mal, établir des tournois littéraires , lutter de nobles efforts, aller dans les mansardes, dans les marchés, dans les rues, dans les palais, partout où il y a à recueillir, à étudier, écrire d'après une consciencieuse étude selon les impressions recueillies, mais rester simple, vrai, spirituel sans jactance , instruire et charmer les petits par quelque chose de naïf et de charmant , qui parle à leur cœur d'abord , captive leur imagination, persuade leur raison , pique leur amour-propre sans le froisser , commencer par les faire rire d'un bon et franc rire , et finir par les intéresser et sans qu'ils s'en doutent, les amener à la réflexion.

Quant aux grands, dont l'instruction , la fortune , les loisirs , l'intelligence élevée et développée leur donne le droit d'être difficiles, il faut à ceux-ci, une littérature plus large, plus haute, une logique plus serrée, les convaincre en les amusant également, mais les étonner par de puissants et irrésistibles arguments, faire une sorte d'arènes ou les ressorts de leur esprit et de leur amour-propre se trouvassent piqués et en quelque sorte engagés. Nul doute, que de cette héroïque lutte, de cette courageuse persistance, de cette polémique toute courtoise , il n'en ressortît une heureuse réaction au profit de tous, gouvernants et gouvernés. Pourquoi lourdement paresseux ne pas l'essayer ? Il ne faut pas se le dissimuler , littérature et théâtre ont des conséquences les plus graves et les plus funestes , qu'on les considère soit comme religion , morale ou politique, on ne saurait faire que ces conséquences aient une influence des plus réelles qui réagit en bien ou en mal sur tous généralement.

En septembre 1851, M. le duc Albert de Luynes, m'écrivait :

« Vous comprenez, Madame , la carrière dramatique d'une manière toute particulière, il ne m'appartient pas de vous en louer ni de vous en blâmer ; mais je dois avouer que je n'approuve pas le théâtre en général, que j'y vois une des principales sources de l'abaissement des mœurs et de l'altération de la raison publique. »

Mille occasions sont venues m'apprendre que M. le duc Albert de Luynes avait *parfaitement raison* dans son jugement, sur la littérature et le théâtre , mais pourquoi devant des causes aussi graves et aussi sévères, ne pouvant anéantir le théâtre, ne pas chercher à le modifier et à le purifier ? Il y a trop à faire dira-t-on. Si on raisonne toujours ainsi, il n'y a ni bien ni progrès possible, il faut se résigner à croupir dans un ignoble et repoussant matérialisme, s'enfermer dans un égoïsme brutal qui, égalant le vice à la vertu, propageant les passions immondes , en plaçant dans ses sales et honteuses voluptés tout le secret du bonheur , qui en venant accabler l'âme d'ennuis et de dégoûts, déssèchent toutes les douces et nobles émotions du cœur et érigent des autels au suicide.

« On ne conduit pas , dit M. Babou , sa femme et sa fille au théâtre pour leur faire une leçon de morale en action , et si on les y conduit une fois, elle n'y retourneront pas une seconde fois. »

Mais on ne va pas au théâtre pour bâiller et dormir, *mais bien pour se distraire.* L'imagination humaine est-elle donc devenue si pauvre et si aride , qu'elle ne trouve pas d'autres sujets que cet éternel rabachage chanté sur tous les tons , tous également faux et discordants. Non , les sujets neufs ne sont pas épuisés , ils ne sont même pas nés encore.

Qui donc, dans la vie privée, n'a pas eu quelquefois l'occasion de ces conversations spirituelles autant qu'intéressantes, qui donc n'a pas souri plus ou moins souvent d'une vive répartie , d'un mot piquant et souvent aussi portant avec lui sa morale? Qui, quelquefois, ne s'est pas senti charmé à la naïve et douce causerie d'une jeune fille, aux doux et brillants rêves d'une mère pour un fils bien aimé, son orgueil et sa joie. Mais quel est donc celui encore, près de qui il n'est pas venu une seule fois s'épancher un pauvre cœur meurtri, déchiré, incompris, découragé, cherchant et demandant un conseil ami et sage, et sur ses plaies vives le baume d'une loyale et bien-veillante consolation ? Qui n'a pas entendu le diplomate aux pen-sées ambitieuses et arides, rêvant toujours de nouveaux honneurs, de nouvelles dignités, marchant de désir en désir, arrivant quelque-fois au faîte des grandeurs sociales, sans être rassasié jamais, ni sans pouvoir combler au milieu du bruit et de la puissance le vide de son âme ? Ce sujet, traité avec une gravité gaie, spirituelle et piquante, ne manquerait pas d'un sérieux intérêt et dont le rire porterait plus d'un sage enseignement. Puis vient l'industriel dans ses rêves de fortune , le spéculateur aux projets hasardeux et hardis, le financier millionnaire entreprenant des travaux gigan-tesques, voulant plus qu'une gloire passagère qui ne peut suffire à son ardente ambition , mais il veut que l'édifice de ses œuvres redise son nom aux générations futures. Non certes, les sujets ne manquent pas, dans toutes les classes de la société indistinctemen vous en trouverez. Remontez à la haute aristocratie, prenant leurs maîtresses, soit chez leur portier ou chez leur blanchisseuse,

maintenant entendez ces femmes , n'ayant conservé de la femme
que la forme, *jurant des gros noms du bon Dieu,* ayant les conversations les plus obscènes, traînant dans leurs boues les premiers
noms de France, les ridiculisant, ridiculisant les familles honorables
de leurs nobles amants , de l'or qu'elles en reçoivent, allant faire
de sales orgies avec quelque petit saute-ruisseau, caprice du moment, et au milieu de leurs dégoûtantes saturnales se moquer de
la duplicité du grand seigneur? Ces choses ne sont malheureusement que trop vraies. Puis, si l'on veut descendre quelques éche-
lons de l'échelle sociale, parmi cette classe si mêlée de ce qu'on
appelle, petits commerçants, commis, employés, caissiers, teneurs
de livres, *amas d'or et de boue,* que de nobles cœurs inconnus et
dédaignés... Mais en même temps, que de turpitudes, de roueries,
d'hypocrisie et d'infamies déguisées sous le masque de la probité,
si l'on veut plonger son doigt jusqu'au fond de cette plaie sociale,
avec quel dégoût on détournera la tête. Voyez ces ateliers d'hommes
et de femmes, la jeune fille déjà corrompue, se faisant la maîtresse
de l'ouvrier marié , éloignant la femme légitime du toit conjugal ;
sous pretexte d'une association avec le mari , la faisant mourir de
langueur et de misère , puis à peine quelques semaines se
sont écoulées, depuis que la pauvre victime a dû succomber à
cette muette et cruelle martyrisation que la loi ne punit pas , que
les deux complices se sont liés par un lien civil, bien dignes l'un de
l'autre; alors la jeune fille impudique devient la femme hypocrite,
se drapant avec un *révoltant* cynisme dans le manteau de la femme
honnête, s'appuyant sur la loi du mariage qui protège la femme
corrompue, qui, libre alors de tout frin , va porter dans d'autres
familles la misère et la haine , dans d'autres cœurs le désespoir
et la mort. Malheur aux nouvelles victimes qui feraient entendre
leurs plainte. La loi est impuissante pour les protéger et dans cette
circonstance, elle protège les coupables. Voyez toute cette classe
de commis, de caissiers, de teneurs de livres, sans doute il est de
nobles et honorables exceptions, vous y recontrerez quelquefois
de l'esprit, de la probité, de l'instruction, de l'honneur, du cœur,
mais ce sont les rares exceptions, mais bien plus souvent vous y
trouverez la sottise , le pédantisme, sœur germaine, l'indélicatesse
et la brutalité, puis, parmi toute cette foule mêlée , vous rencon-
trerez parfois de ces traits spontanés d'une admirable générosité,
de ces héroïques dévouements que l'on admire religieusement, mais
les êtres qui en sont capables ne sont pas les plus heureux.

Je me redis, les sujets ne manquent pas, mais il faudrait qu'ils soient traités dans toute leur vérité naturelle, de ce qu'ils sont, joindre un esprit ferme et juste à un talent vrai et à une logique serrée, ce que nous avons aujourd'hui, c'est le chaos littéraire et moral, mais à franchement parler, nous n'avons pas de littérature, je me répète, je ne parle pas des honorables exceptions que toutes les intelligences ne peuvent atteindre ; espérons, pourtant, que de l'excès du mal il en sortira le remède et le bien.

« Shakespeare a essayé de transformer Jules César en drame. C'est un excellent livre, un chef-d'œuvre de profondeur politique, de style et de connaissances du cœur humain, mais ce n'est pas une pièce de théâtre. Tout cela n'empêche pas la multiplication des théâtres dans toute l'Europe. Partout les gouvernements croient de bonne foi, comme ce pauvre Léon Faucher, à la possibilité de la moralisation des peuples par le théâtre. »

Mais les gouvernements ont raison de conserver leur foi. M. Babou ici est *dans le faux*, et M. Léon Faucher *était dans le vrai ;* il avait compris, lui, que pour moraliser le peuple par le théâtre, il fallait commencer une littérature à sa portée , mais lui donner d'abord Schiller, Bernardin de Saint-Pierre, Shakespeare, Racine, Corneille, Molière et autres, c'est vouloir pour apprendre les lettres à un enfant, commencer par lui enseigner le latin et le grec avant son alphabet. M. Léon Faucher avait compris dans sa généreuse et honorable conception, que du petit au grand, la vie sociale était une chaîne d'anneaux enlacés les uns aux autres ; brisez un de ces anneaux, vous rompez l'harmonie en en brisant la chaîne. Il avait compris que l'on ne monte pas sur un toit par le dernier échelon de l'échelle touchant au faîte, mais qu'il faut commencer par le premier échelon touchant le sol, il avait senti que pour arriver à un résultat sérieux et réel, il fallait s'adresser aux arts, parce qu'ils sont les premiers anneaux de la chaîne sociale, où toutes les classes de la société indistinctement, l'habitant des palais et celui des greniers viennent se réunir, cherchent des émotions qui parlent à leurs cœurs, des impressions qui aillent à leurs âmes, des souvenirs pour charmer et occuper leurs pensées ; il avait pu se convaincre que la littérature laisse des souvenirs dans l'imagination, et matérialisée par le théâtre, elle prend une vie active sur tout ce qu'elle frappe pour laisser des racines indestructibles dans le cœur de tous, et ceci est tellement vrai, que n'importe qui peut s'en convaincre soi-même. Allez dans un salon plus ou moins aristocratique ou bourgeois, qu'est-ce que vous entendez? — Parlez de la pièce nouvelle ; chacun fait ses conclusions à sa manière. Sortez, allez sur les quais, dans les rues, dans les promenades publiques, chez l'ouvrier laborieux, ou chez la lorette, qu'est-ce que vous entendez encore? — Chacun parle des impressions que lui a laissées le théâtre.

Le dimanche, dans les jours d'été, je vais souvent me promener en plaine campagne : j'aime le calme, l'air pur, puis aussi on y trouve presque toujours son instruction. Je me promenais donc, il y a, de ce que je vais raconter ici, déjà quatre ou cinq ans, un dimanche dans les champs de Romainville ; presque à côté de nous marchaient cinq ou six personnes appartenant à la classe des travailleurs ; leurs blouses bien repassées, toutes fraîches encore de leurs plis et le col bien blanc de leurs chemises retombant sur une cravate d'indienne, disaient assez que c'était leur toilette des dimanches. Un des hommes s'adressa à une jeune fille qui pouvait avoir douze à treize ans, et qu'une femme, qui paraissait être sa mère, tenait par la main :

« Vois-tu, fille, disait cet homme, nous allons tous bien travailler toute la semaine, afin de faire des économies pour aller dimanche à l'Ambigu, parce que je veux te faire voir la pièce que j'ai vue. C'est une brave et honnête fille, vois-tu, qui préfère la mort à la perte de son honneur, et je veux te mettre cet exemple-là sous les yeux ; car si, quand tu seras grande, tu tournais mal, hé bien ! je te tuerais. »

La menace était un peu violente, il est vrai, mais elle prouvait toutefois que cette pièce, dont j'ai oublié le nom, avait fait sur ces âmes honnêtes et simples d'heureuses impressions ; elle prouvait aussi combien les masses sont impressionnables, et s'il n'en eût pas été ainsi de tout temps, les écrits de Voltaire eussent-ils fait tant de mal et en ressentirions-nous aujourd'hui les fatales conséquences?

On défend souvent un écrit politique, bien moins dangereux qu'une foule de mauvais romans, qui faussent l'esprit des masses, comme ils faussent l'histoire et creusent ainsi un abîme sans fond, où vient souvent s'engloutir une grande nation. Instruire par l'attrait du plaisir, cacher sous le rire la grave réflexion, laisser dans a mémoire, avec d'aimables souvenirs, des germes de justice et de saine raison, c'est la plus habile de toutes les politiques.

Je regrette sincèrement, d'avoir oublié le nom de la pièce, qui avait fait sur ces braves gens d'aussi vives impressions. Quoi qu'il en soit, l'auteur a fait une bonne action.

Presque en même temps, on jouait à la Gaîté une pièce ayant pour titre : *Paillasse.* Certes les réflexions qu'elle fit naître n'étaient pas très-pacifiques. Cette pièce qui, frappant le riche sans exception, en lui donnant des ridicules exagérés, exaltait plus encore l'imagination des masses déjà si malades à cette époque par son rêve insensé du partage des biens. En élevant un piédestal à la prostitution et à l'effronterie dans le personnage de Flora, en ridiculisant des principes respectables, la religion du souvenir et la foi du serment, cette théorie matérialisée par le théâtre exaltait jusqu'à la frénésie un parterre brûlant encore de la fièvre que lui avaient donnée les utopies de 1848.

J'étais placée à l'orchestre, et j'entendais dire derrière moi :

« — Voyez donc ces riches, comme ils sont impertinents et comme ils traitent le pauvre monde, moins bien que leurs chiens, quoi ! — Mais patience, leur tour viendra, nous leur revaudrons ça, nous leur rendrons le tout, capital et intérêts.

Je me redis que ce genre de littérature est bien plus dangereux dans l'intérêt des gouvernements et des peuples qu'un écrit politique qui souvent éclaire, et que l'on défend rigoureusement. Je voulus faire une réflexion affectueuse et amie, mais les têtes montées par tant d'écrits faux et mauvais et par ce qui se passait sous leur yeux, fit qu'on me répondit très-brutalement.

« Tiens, c't'aristo !... elle a peur de sa peau, sans doute ! »

Pauvres gens, c'était bien le moment de leur appliquer plus que jamais la parole du divin Maître : « Pardonnez-leur, mon Dieu, ils ne savent ce qu'ils disent. »

A quelques jours de là, j'allais rendre une visite à d'honnêtes petits rentiers, qui avaient seulement un pied-à-terre dans la petite rue Janisson, car ils habitaient presque toujours Meudon. Le mari, ancien officier supérieur, passait soixante ans, et sa dame en était bien près. Son mari était malade, et pour cette cause ils étaient dans leur domicile de ville. La mise de madame de Laf... était simple et riche, ils avaient pour vis-à-vis des blanchisseuses qui les espionnaient continuellement, épiant la sortie de la dame, afin d'aller passer près d'elle avec un gros panier et de lui déchirer par-là les dentelles de son mantelet, ou si la pauvre dame se mettait à sa fenêtre, elles lui criaient :

« — Dis donc, vieille coquette, as-tu été voir *Paillasse!* tu par-

tageras avec nous, vieille richarde! Nous prendrons ton or et tes
dentelles. »

Ces pauvres gens eurent peur, n'osaient se plaindre et chan-
gèrent de quartier.

Je regrette d'avoir oublié le nom de l'auteur du *Cousin de Paillasse,* qui se joua aux Délassements-Comiques, la bonne attention
qu'il eut en venant faire par sa pièce un contre-poids aux idées
fausses et erronées, lui mérite la reconnaissance des gens de bien
et pensant bien. Je suis loin de vouloir blâmer l'un pour soutenir l'autre, et encore bien moins de vouloir flatter les favoris
de la fortune; il est de mauvais riches, mais n'est-il pas aussi de
mauvais pauvres, ingrats, méchants, hypocrites, rempants, flat-
teurs et perfides? — Je sais que la misère aigrit, que l'injustice
non méritée révolte et exaspère, mais mieux vaut encore l'amère
poésie de sa pauvreté, le noble orgueil que donne le malheur quand
sa base est la vertu, que le froid et triste bonheur de la richesse
égoïste, de l'arrogance ignorante, puis si l'on veut corriger un ri-
dicule, un vice, ce n'est pas en frappant d'un seul côté que l'on y
parvient, on ajoute au mal au contraire, et on s'éloigne du juste
et du vrai.

« Qu'on avoue une fois pour toutes que les hommes vont au
théâtre pour voir les actrices, et les femmes pour se faire voir. »

Mais mon Dieu, on ne peut guère y aller que dans un but de
curiosité. Ainsi que le dit avec une grande justesse M. Babou,
rien de nouveau, rien d'original, des sujets rabattus... — Et il ne
dit que trop vrai. Ainsi, comme rien ne vient captiver ni arrêter
la pensée, rien ne plaît à l'esprit, rien ne parle à l'âme, il faut bien
se dédommager par la curiosité, heureux encore quand cela se
borne là, car qu'est-ce qu'on voit? — qu'est-ce qu'on entend au
théâtre? de stupides et grossières bouffonneries, des drames fasti-
dieux et dégoûtants. Voilà, à très-peu d'exceptions près, ce qu'on
rencontre au théâtre.

« Mais, au nom du ciel, dites-vous, Monsieur, en terminant,
que l'on cesse de parler de la moralisation des peuples par le
théâtre. »

Pourquoi non, quand c'est le seul et unique moyen, et qu'il peut
être possible avec de généreux et persistants efforts? — Vous-
même, Monsieur, qui semblez désespérer, permettez-moi de vous
le dire, vous prendriez une part très-active à ces persistants et généreux efforts, s'ils étaient donnés? — Pourquoi alors ne pas

essayer; c'est toujours une belle et grande pensée que l'effort de cette tâche difficile.

« On n'a nullement besoin, dites-vous encore, Monsieur, des poètes modernes : les vieux auteurs suffisent. Ils ne seront jamais dépassés ou même atteints, et, pour jouir de leur morale, on peut se passer d'acteurs et d'actrices. »

Ce n'est pas mon avis ; sans cesser d'admirer le génie des vieux auteurs, ce n'est pas un motif pour renoncer à toute grande conception parce qu'elle paraît difficile. Ils écrivaient pour leur temps, nous devons écrire pour le nôtre. Tout en admirant ce qu'ils nous ont laissé de beau, ce n'est pas un motif pour rester en arrière. Luttons d'émulation pour bien faire; si nous ne pouvons arriver aussi haut, nous aurons au moins le mérite d'avoir voulu bien faire, et c'est quelque chose. Quant à se passer d'artistes pour la représentation d'une pièce, ce n'est pas encore mon avis : parce qu'une pièce de théâtre n'est qu'un corps seulement, au lieu qu'animée et recevant la vie de l'artiste, elle reçoit une âme ; les tableaux sont vivants, prennent une forme palpable, deviennent un miroir où les yeux vont souvent regarder, et dont le reflet se reproduit sur l'âme pour ne s'en effacer jamais.

« Malheur à l'homme, ajoutez-vous, Monsieur, qui a besoin du talent de mademoiselle Rachel pour comprendre et apprécier Racine ! »

Mais je vous l'observerai encore ici très-respectueusement, les grands maîtres ne peuvent être compris que par une seule classe privilégiée; et, quant au peuple, c'est-à-dire la classe illettrée des travailleurs, elle s'ennuiera à une représentation de Racine ou de Corneille ; la lecture de ces chefs-d'œuvre les fera bâiller au coin de la cheminée, faute de pouvoir comprendre. On ne peut exiger d'un fruit vert le parfum qu'il aura, arrivé à sa maturité. Il en est de même, Monsieur, pour l'appréciation des chefs-d'œuvre dont vous parlez, il faut d'abord préparer les voies, en lui parlant un langage à sa portée qu'il puisse comprendre.

« Impossible ! » dites-vous, Monsieur ; mais l'Empereur Napoléon Ier a dit que le mot impossibilité devrait être rayé du dictionnaire, et l'Empereur d'aujourd'hui a prouvé, dans plus d'une occasion, qu'avec de la persistance et une volonté ferme, que le mot impossible ne convenait qu'au vulgaire égoïste, paresseux et timide, aux intelligences étroites et bornées ; et je suis d'avis qu'il est plus beau de croire au possible du prodige dans les grandes et puissantes choses, qu'à la faiblesse de la crainte et de l'incapacité.

Lors de la naissance du christianisme, il y a deux mille ans bientôt, les esprits-forts de ce temps s'étaient ri de cette régénération sublime annoncée par le Christ ! — Et pourtant cette œuvre, bien autrement difficile que celle dont il s'agit aujourd'hui, a grandi, grandi toujours ; ses proportions sont devenues colossales : elle avait pris ses racines à la terre et ses rameaux immenses ont été se perdre au ciel. Après un tel miracle, pourquoi douter de la réalisation de la possibilité du bien ? — Serait-ce une erreur ? elle est si grande et si noble, qu'il serait glorieux encore de l'avoir conçue et aidée ; puis, combien le passé n'a-t-il pas prouvé de fois, aussi, que ce qui avait été regardé comme folie impraticable devenait une réalité, sage, généreuse et utile. A ce sujet, les exemples ne manquent pas, et le christianisme n'en est-il pas la preuve la plus irrécusable ? La France, grâce à Dieu, a encore des hommes honorables et capables, et vous en faites partie, Monsieur. Pour moi, c'est une douce et puissante conviction que de croire à ces hommes honorables, à ces intelligences d'élite qui prépareront les voies à venir de cette heureuse régénération et laisseront d'eux, à la génération qui vient, un noble exemple à suivre et un impérissable souvenir de grandeur, d'autant plus réelle, que la vertu et l'humanité en seront la base.

Combien l'on sent ici toute la profondeur de pensées de lord Byron, quand il dit dans l'un de ses chants de *Child Harod* en parlant de la décadence de la Grèce :

« Tes autels, tes temples renversés, mêlant leurs débris à la » poussière des héros, sont brisés par le soc de la charrue. Ainsi » tout périt à son tour, excepté la vertu célébrée dans des chants » dignes d'elle. »

Quel sage conseil, que de réflexions profondes dans ce peu de mots.

Maintenant, Monsieur, il ne me reste plus qu'à vous prier en faveur de beaucoup de bonnes attentions, de m'accorder beaucoup d'indulgence, de vouloir bien croire, et c'est la vérité, qu'aucune pensée de vanité ni d'ostentation ne m'a guidée dans cette petite discussion près de vous. En regardant les saint Vincent-de-Paul, les Fénélon, et tant d'autres hommes illustres par la vérité de leur apostolat, qui, eux aussi, ont accompli ce qui avait été réputé impossible, je me suis sentie avoir foi ; je me suis dit que, quel que soit le matérialisme de notre siècle, il se trouvait encore, mêlés et perdus dans la foule, des hommes de cœur, d'honneur, aux nobles et hardies conceptions, à la hauteur d'une grande et difficile mission, incapables de reculer devant les difficultés des premiers pas, car le mérite, la vraie gloire ne se trouvent que dans l'héroïsme de la lutte, et j'ai la conviction, Monsieur, que vous, aussi, êtes un de ces infatigables ouvriers qui ne savent pas reculer devant les aspérités du chemin.

Une fois encore, pardon, Monsieur, mais *j'ai beaucoup souffert;* voilà pourquoi j'ai beaucoup appris, beaucoup médité. Je vous ai parlé, Monsieur, avec mon cœur, avec ma pensée ; je me suis laissée aller à mes inspirations, à mes souvenirs, et je suis venue causer avec vous, comme on vient causer avec une personne indulgente et amie. Je vous demande grâce, Monsieur, pour beaucoup d'imperfections : ma littérature, à moi, est celle de mon cœur ; puis je me suis rappelée, en écrivant, que M. Sainte-Beuve m'avait dit, un jour, que cette littérature était la meilleure, et il me fut si doux de le croire !

Je vous prie, Monsieur, ne me refusez pas une bienveillante indulgence.

Henriette GEOFFROY.

SAINTE-PÉLAGIE

UNE VISITE A MONSIEUR DE MIRECOURT.

Mon petit livre était terminé quand je pensai que, peut-être, mes indulgents lecteurs ne seraient-ils pas fâchés que je leur rendisse compte de mes impressions et de ma visite au loyal prisonnier. Je priai monsieur Blondeau d'ajouter cette page à mon livre, ce qu'il m'accorda avec une charmante bonté.

J'ai le malheur d'être un peu femme, et sans doute pour cela un peu taquine, ce qui fait que je me prends de belle sympathie pour ce que les autres condamnent, ou plutôt par ce sentiment de délicat respect qui *naît* au cœur de toutes les femmes pour tout malheur *honorable* : je crois plutôt que c'est cette dernière considération qui l'emporta. Du reste, si je suis coupable, j'ai pour me consoler nombreuse compagnie, car j'entends répéter par une foule *d'honnêtes gens* (il y a encore des honnêtes gens) et par de *très respectables* ecclésiastiques, que M. de Mirecourt est un écrivain religieux, moral, honnête, et que c'est pour cela même qu'il devait être vaincu. (Pourquoi pas ? on a bien crucifié le bon Dieu, et dans ce bas monde la vertu s'expie dans tous les temps.) Qui sait ! j'aurais peut-être penché du côté des forts; mais je ne sais pourquoi la fantaisie me prit de vouloir juger par moi-même, et je lus les *Contemporains*. Sans doute que c'est contagieux, car je me mis à répéter en chœur avec les autres, que l'écrivain qui avait des pensées aussi honorables, ne pouvait être qu'un honnête homme. Le bon monsieur Blondeau me parlait, lui et sa demoiselle, avec tant de bienveillance de madame de Mirecourt, qu'en véritable fille d'Eve je voulus la connaître. (Ce que c'est que la curiosité !) J'étais en correspondance depuis plusieurs mois avec

monsieur Eugène de Mirecourt, mais je ne connaissais physique-
ment personne, si ce n'est son fils, charmant jeune homme sortant
de l'école Saint-Cyr, que j'avais vu une fois chez mon impri-
meur. J'eus une lettre pour madame de Mirecourt, et ainsi qu'il
m'avait été dit, je la trouvai simple, aisée, bienveillante. La conclu-
sion de ma visite, c'est que le lendemain un bon prêtre et mo
l'accompagnerions près de son mari. Notre causerie de la veille se
renoua avec vivacité et franchise, et nous n'entendîmes pas une
plainte, pas un mot amer contre ceux qui la privaient, elle d'un
époux, ses enfants d'un père ; mais elle était calme et chrétienne-
ment résignée. Enfin, grâce à la bienveillance de M. l'aumônier
pour M. l'abbé Tassy, et pour moi de M. le directeur de Sainte-
Pélagie, nous montâmes à la chambre de M. de Mirecourt. En nous
voyant, il paraissait si franchement heureux que nous étions véritablement heureux à notre tour de cette joie que nous lui cau-
sions ; puis il y avait tant d'effusion dans ses bonnes pressions de
main, si en harmonie avec cette figure ouverte, calme et souriante,
que non-seulement on sentait pour lui ses sympathies augmenter,
mais encore on se prenait à dire que ceux qui le tenaient là,
étaient plus attrapés que lui. Et à ce sujet il me vint une étrange
pensée. Que ne vient-il pas dans une tête de femme !

Je me disais, à part moi, que le procès de M. Mirès contre
M. Eugène de Mirecourt avait fait bien du bruit, bien du scan-
dale, réveillé bien des passions endormies ; mais une chose qui en
ferait dix mille fois plus encore, serait, si M. Mirès se faisait sous-
cripteur d'une grosse somme pour aider à payer les amendes...
amères de son adversaire ; et je ne pus retenir un sourire en me
représentant cette action connue. Que de gens étonnés, que de
badauts le nez en l'air demandant si la lune ne va pas tomber !
Que de bruit d'un coin du monde à l'autre, puis, quelle bonne
vengeance, quel trait piquant d'originalité ! Et si l'on veut sérieusement regarder la chose, quel monument *indestructible* aussi
d'illustration ! Quel long retentissement dans l'avenir ! C'est une
pensée folle, c'est possible, mais quoi qu'on puisse en dire, *bien
haute* et *bien grande* et aussi bien diplomatique, car j'en demande
humblement pardon à MM. les diplomates, mais les femmes *le sont
plus qu'eux*. Quoi que sous les sinistres verroux de Sainte-Péla-
gie, pendant que M. Tassy tenait conversation avec M. de Mirecourt, ma pensée courait, courait ! Je me rappelais que lors du
vilain procès de M. Lejolivet, l'Empereur faisait ouvrir ces portes

si tristes et si sombres pour le rendre à la liberté ; je me disais qu'un de ces quatre matins, il pourrait bien en faire autant pour M. de Mirecourt ; et rappelant mes souvenirs, jamais le chef de l'Etat ne s'était gagné plus de sympathies que par cet acte là.

Je ne sais si c'est encore par esprit de contradiction, ou si c'est à cause que M. Lejolivet est mon compatriote, mais pour lui aussi j'ai toujours eu la plus franche et la plus respectueuse sympathie, d'abord parce qu'il est une bonne et délicate nature faisant contraste à l'égoïsme brutal de notre époque.

—J'ai entendu parler aussi qu'on voulait faire enfermer M. Eugène de Mirecourt à Clichy.

Une chose que je ne peux m'expliquer dans un pays comme la France, c'est ce *mont-de-piété de chair humaine*. Je suis bien sûre qu'un jour, l'Empereur faisant une revue, modifiera bien des choses ; mais en attendant, ce qui console les gens mis à ce mont-de-piété, c'est que M. le marquis de Pritelly, qui en est le directeur, est pour ses pensionnaires, ainsi il les appelle, l'homme d'abord le plus humain, le plus gai et le plus charmant (historique). Les petits enfants disent quand ils sont maltraités par plus fort qu'eux : Je le dirai à papa, à maman. Et il y a là dans cette confiance de la faiblesse à la force juste et équitable, quelque chose de bien beau, de bien grand. Et moi comme les petits enfants je dis : Si l'Empereur le savait !...

M. de Mirecourt a offert cent francs par mois pour ces amendes *non douces* à M. le receveur des amendes. Son offre a été refusée ; cependant d'autres ont obtenu de s'acquitter par à-comptes. Retenir un homme en prison parce qu'il n'a pas d'argent à heure fixe, c'est bien *honteux* pour le dix-neuvième siècle, et je répète bien haut avec les petits enfants : Si l'Empereur le savait !... Cette *franche et naïve confiance* est le plus bel hommage que l'on puisse rendre au chef de l'Etat. Si ces lignes arrivent jusqu'à lui, qu'il accepte cet hommage comme celui qui l'honore le plus, parce qu'il est *humain et désintéressé*.

M. de Mirecourt me demandait en me quittant à qui je faisais hommage de mon faible travail. — A M. le directeur de la *Gazette de France*, dis-je, c'est lui qui forma mon cœur et ma raison.

— Vous êtes dans le vrai aussi, madame, c'est un des journaux les plus honnêtes.

Je ne doutais nullement que M. de Mirecourt n'aimât ce qui était vraiment *honorable*.

En terminant ces réflexions je forme un vœu bien sincère, c'est que l'Empereur le rende à sa famille, à ses amis, et comme la femme est *l'ange gardien* qui soulage et console toutes les douleurs, je ne doute nullement que la voix de S. M. l'Impératrice ne contribue puissamment à l'accomplissement de *cette bonne action.*

Je jure sur ce que j'ai de *plus cher*, que cette pensée de prendre la défense de celui qui souffre, ne m'a été *commandée par personne* et que celui qui en est l'objet *l'ignore complètement*, mais c'est que moi aussi j'ai connu la douleur, l'injustice, l'abandon, les larmes, *l'ingratitude* : voilà pourquoi je sais plaindre, comprendre et compatir.

Henriette GEOFFROY.